# 鈴木家の箱

鈴木麻実子

筑摩書房

鈴木家の箱　目次

皆様の山下ショッピングセン
Hello.
KIRIN
ワンコインドリンク
あります

恵比寿横丁
シン・ニクズシマン
まるや
ぶるでっく
浜椿
高橋さん
魚寿司
MOËT & CHANDON
CHAMPAGNE
CHAMPAGNE MANIA
はじめて聞く
話だな……

# 鈴木家の箱

鈴木麻実子

# はじめに

どこの馬の骨ともわからない、私の書いた本を手に取ってくれたみなさんに、まず感謝の意を述べたい。

私はどこの何者かというと、スタジオジブリの鈴木敏夫の娘で、縁あって「カントリー・ロード」という名曲の訳詞をさせていただいた、恵まれた女だ。

その後も久石譲さんの曲に歌詞をつけさせていただいたり、ジブリの『熱風』にときどき文章を載せていただいたり、最近はオンラインサロンを始めてそのメンバーたちと一緒に『熱風』で座談会をさせていただいたりしている。

何も持たない私がこんな機会に恵まれるのは、父の娘に生まれたこと、そしてたくさんの素晴らしい人たちとの出会いがあったからにほかならない。昔から出会いの運だけは抜群に強いのだ。

小さい頃から詩や文章を書くのが好きだった。父から受け継いだ唯一のものは文章力だと思っている。私は自分の書く文章が好きだ。

でも、それが世間に通用するレベルだと思ったことはないし、本を出すなんて夢にも思っていなかった。

「鈴木敏夫とジブリ展に麻実子さんのエッセイを展示しませんか？」

鈴木敏夫とジブリ展を担当している、博報堂の小松季弘さんからそんな話をされたとき、私はわけがわからなかった。


それまで私は自分のやっているオンラインサロンで、趣味の延長で書いたエッセイをひっそり発表していた。自分の書きたいときに、絶対に褒めてくれるみんなに向けてだけ書く環境が、私には心地よかった。

それなのに突然、何万人もの人に見られる場所に私のエッセイが展示されるなんて考えただけで吐きそうだ。私より文章がうまい人なんていくらでもいるのに、縁だけでそんな大それたチャンスをいただいていいのだろうか。

でも、こんな機会に恵まれたとき、私は断らないようにしている。

断るなんて恐れ多い。自分に自信がないなんて言ってる場合ではない。恐れ多いと思える機会は誰にでも来るわけではないのだから、与えられた人にはまっとうする義務があるような気すらしている。だから私は、そんな機会は気が進まなくてもまっとうすると決めている。今までもずっとそんなふうに生きてきて、後悔など一度もしたことがないのだ。

テーマは何にしようと考えたとき、強烈なキャラクターのおばあちゃんのことを書こうと思った。きっとおばあちゃんが私のこの難局を助けてくれるに違いない。いつかおばあちゃんのことを書きたいと、ずっと思っていた。父の展示ならぴったりだ。

そこで書いた「名古屋の鬼ばばあ」はありがたいことに各方面で賞賛を受け、「鈴木敏夫とジブリ展」で配られる小冊子にも掲載が決まった。それからというもの、あれよあれよという間に「ｗｅｂちくま」で連載が決まり、単行本化という夢のような事件が起きている。

正直まだついていけてない。これがおばあちゃんのパワーかと驚くばかりだ。

ただひとつ言えるのは、この本は、小松さんや、本を作ろうと声をかけてくれた菊池拓哉さん、担当の柴山浩紀さん、サロンメンバー、いつも読んで感想を言ってくれた友達、みんなの想いが集まって作られた本だ。

私ひとりの力では到底ここまでこれなかった。

だから私は、この本はみんなで出す本だと思っている。

今回、そんな想いを込めて、表紙にはみんなの似顔絵を父に描いてもらい、扉絵と題字はサロンメンバーに描いてもらい、サロンメンバーのプロカメラマンに父とのポートレートを撮ってもらった。最初から最後までまわりの人に頼って作るのが私らしいと思った。

私は昔から出会いの運だけは強いのだ。まわりの人たちに支えられながら生きている。

この本は「鈴木家の箱」に集う面々で作った本だ。なかにはそんな鈴木家の箱の中身が垣間見える日々を綴《つづ》っている。

読者のみなさんにも、そんな箱の中をのぞいてもらえたら嬉しい。

# 鈴木家の箱

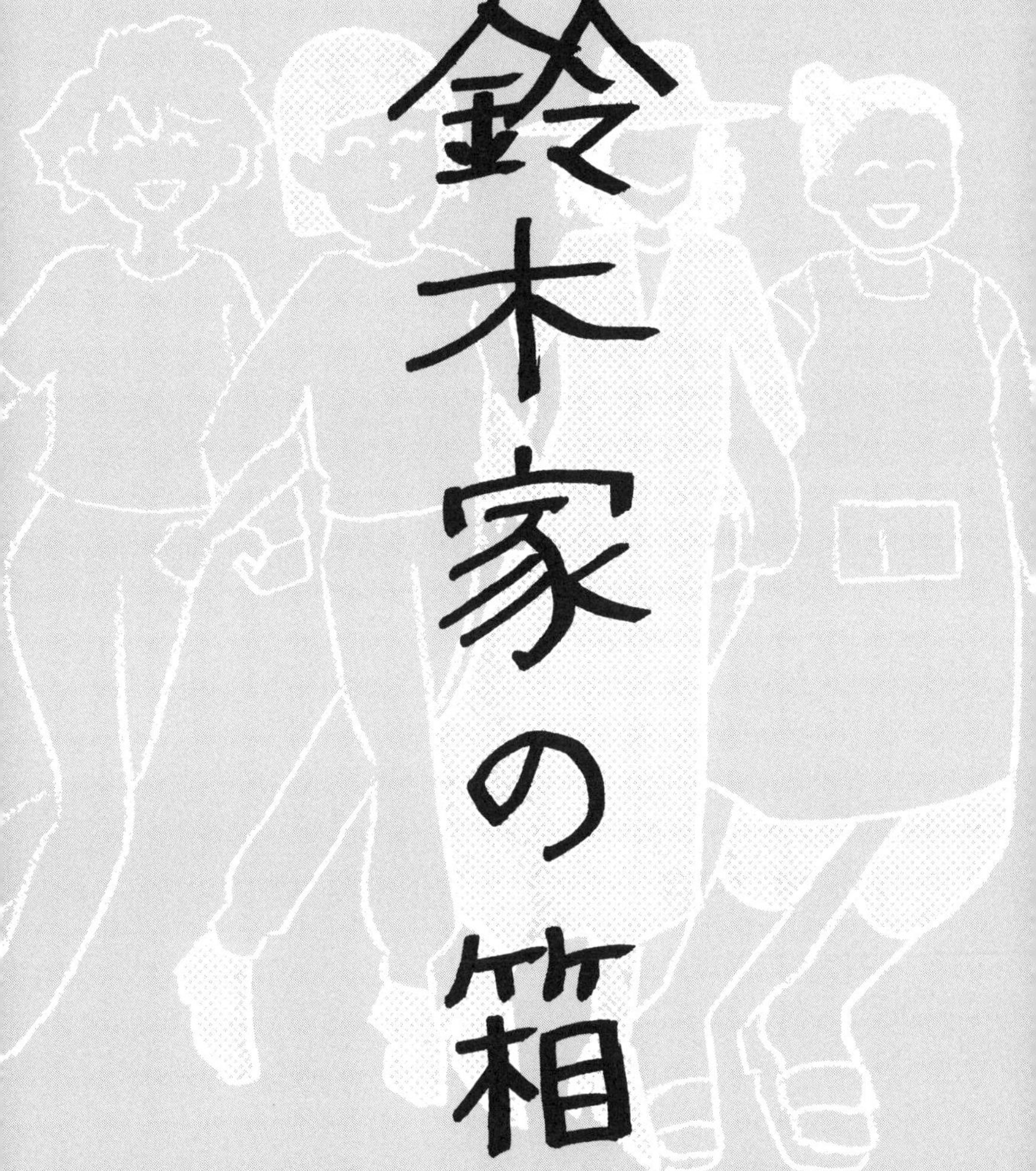

鈴木家には大きな箱がある。

その箱には楽しいことがたくさんつまっている。

物心ついたときから、鈴木家は人の集まる家だった。母の学生時代の友達、父の仕事仲間、私の友人たち、近所の人たち。いつもたくさんの人が集まってきて、一緒にご飯を食べたりＴＶを見たり漫画を読んだり、笑い声の絶えないにぎやかな家だ。

父は『アニメージュ』の編集長をしていた頃、六〇名ほどの社員の方々を自宅に招いてパーティをしていた。二〇畳くらいのリビングに縦長のローテーブルをふたつ置き、みんな床に座ってぎゅうぎゅうにひしめきあっていた。

父は家にいるときはいつも横になってＴＶを見ていて、おしゃべりなほうではなかったのだが、その日は部屋中に通る大きな声でニコニコ笑いながら話し、話題の中心になっているのが印象的だった。その中ではいわゆる上司という立場だったのかもしれないが、お客さんたちは皆リラックスしていて、気さくにワイワイ談笑していた。

私は「会社とはこういうところなんだな。大家族みたいだな」と思っていた。明らかに収容可能人数以上の人たちがひしめきあっている風景が、面白くて大好きだった。子どもだった私は、その中に混じってよく皆さんの話に入れてもらっていた。私はその頃ブルーハーツが大好きで、同じくブルーハーツが好きだというおじさんと、ブルーハーツについて朝まで熱く語り合った。そのおじさんは私が持っているブルーハーツのCDを見ながら一曲一曲どんな素晴らしい曲かを熱弁していた。

いま考えると酔っ払っていたのだと思うが、「青空」という曲を歌いながら真っ赤な目をして語るその人を見て私は、感極まって泣いているのだと思い、なんだか自分も熱くなって興奮して話したのを覚えている。

鈴木家は昔から出入りは自由。私の友達は合鍵を持ち、私がいないときでも自分の友達を呼んで私の部屋で漫画を読んだりしていた。私が旅行から帰ると友達や私の知らない子に私の母が焼きそばを作ったりしているのだ。私は友達の友達に自分の部屋で「初めまして」と自己紹介をする。

こんな話をすると、そんな家聞いたことないとよく笑われる。

他人と家族の境界があいまいでなんでも許される面白い家だった。

私はそんな我が家を箱みたいだと思っていた。

箱を見るとワクワクする。何が入っているんだろう。何を入れようか。目の前に箱があるだけで想像力が膨らむ。

私はよくアマゾンや楽天などの通信販売で買い物をするのだが、自分で注文したものをいつもほぼ覚えていない。宅配の方から荷物を受け取るたびに「この中身はなんだろう？」と楽しみながら封を開ける。その瞬間が大好きだ。

開けてみると「あぁ、あれか！」と思ったり「こんなの頼んだっけ？」と思ったり、毎回いろんな驚きがあってそれも楽しい。

箱は私にとってワクワクの象徴なのだ。

今日は誰がいるだろう。今日は何があるんだろう。開けるたびに「わあ」と感激できる箱。

我が家はそんな箱のような家だった。


父が六〇人のひとを呼んでパーティを始める少し前、突然父から引っ越しの話をされた。私たち四人家族が住む恵比寿のマンションはリビングの他に部屋がふたつで、子ども部屋を作ったら父と母が寝る部屋がなくなってしまう。人も呼べる、もう少し広い一軒家に引っ越そうと父は考えていたようだ。

多くの子どもは「自分の部屋ができる！」「家が広くなる！」と喜ぶのかもしれない。実際、弟はそういう反応だったようだ。

でも私は「絶対に嫌だ!!」と泣き叫んだのだった。私はそのとき「私が引っ越したらみんなが恵比寿に集まれなくなっちゃう」と思った。

当時の恵比寿は開発が進み始め、昔からある一軒家が次々に壊されマンションや商業施設に変わり始めていた。同じ中学の友達は自宅がなくなるのと同時に次々に恵比寿から離れ、違う地区から越境して恵比寿の学校に通っていた。

これで私まで引っ越しをしたら、みんなで集まれる場所がなくなってしまう。高校生になって違う学校に通うようになったら、みんなばらばらになってしまうと思い、絶対に恵比寿を離れるのは嫌だった。

「みんなは引っ越してもいいよ。私はここに残るから」とまで言う私に、父は引っ越すのを諦めてくれた。

その後、苦肉の策で家をリフォームして、リビングを少し広くし、ほかの二つの部屋を四畳の三つの部屋に変え、私の部屋、父の部屋、弟の部屋と横並びでそれぞれ自分の部屋を持った。母の部屋はなかった。

父の部屋は本棚に囲まれてシングルベッドが一つ置いてあり、本棚とベッドの間にはひと一人通るスペースもないくらいだったので、父はいつでもベッドの上にいた。大きなTVを置くスペースもなかったので、手のひらほどのサイズのTVで映画を見たり本を読んだりして過ごしていた。

リビングと父の部屋は薄い壁一枚だったので、リビングでくつろいでいると、父がなんの映画を見ているかわかった。

朝、父を起こすときはリビングから「パパ起きてー」と声をかけると、中から「あと五分」という声が聞こえてくる。それが数回繰り返され、五回目くらいにやっと起きてくるのだ。「もう二五分経ってるけど平気なのかな?」と思っていたが、最初から余裕を持って起きる時間を設定していたので平気らしかった。

母は自分の部屋がなかったので、リビングに毎日布団を敷いて、二匹の猫にまみれて寝ていた。母はその癖が抜けず、みんなが家を出て一人暮らしになってからもリビングに布団を敷いて寝ていた。

私の部屋はテーブルも折り畳み式だったので少しはスペースがあったが、いつも友達がたくさん来るので、シングルベッドに七人くらい座って隣の人と重なり合いながらギュウギュウで過ごしていた。その四畳の部屋に最高一五人泊まったこともある。もちろん寝ころぶスペースもなく、何人かは座ったまま寝ていた。一度みんなが泊まっているとき、夜中に起きたら一人の子が正座しながら寝ていて笑った。

友達が泊まっているときは隣の部屋の父に騒いでいる声が丸聞こえで、よく夜中に「うるさーい!」と叫ばれた。もちろんそれで静まるわけもなく、父にとっては睡眠を妨げられる地獄の夜だったろう。それでも父は「友達を泊めるな」とは一度も言わなかった。

そんなふうに決して快適とは言えない家だったが、それでも私は恵比寿から離れることは考えられなかった。


今思えばあの中学のときに引っ越しをしていても、もしかしたら新しい広い家で同じことをしていたのかもしれない。でもその頃の私にとって、恵比寿を離れることは「鈴木家の箱」を失い、想い出も友人との絆もすべて消えてなくなってしまうような大事件だったのだ。


変わらないものが好きだ。一生続くもの。消えないもの。

私は環境の変化が苦手だ。

いつでも今が最高に楽しいし、この時間がずっと続いてほしいと思っている。

しかし、なかなかそうはいかないのが現実だ。時間と共に環境は変わっていき、どんな楽しい時間にも終わりが来る。

愛情が深ければ深いほどその喪失感は大きい。楽しい時間を過ごせば過ごすほど、これがずっと続くわけではないというさみしさが同時に襲ってくる。

それはまともに考え出したら受け止められない現実だ。だから私は、まともに考えるのをやめて生きている。

前だけを向いて、その瞬間に楽しいことだけを求めて、快楽に身を任せて刹那的に生きる。

それは極度のさみしがり屋の私が、変わっていく現実をなんとか受け止め共存していくための処世術なのだと思う。

だから私には箱が必要なのだ。

同じ時間を、同じ人たちを、ずっとそこに変わらずとどめておくのは難しいかもしれない。だからせめて変わってしまう日々の中でいつでもそこにあり、中身は変わり続けるとしても、なんでも誰でも受け入れる鈴木家の箱を、私はずっと持っていたかったのだ。


あれから数年の時が過ぎ、今では家族はそれぞれ別の場所で暮らしているが、笑い声のたえないそれぞれの鈴木家には、今も変わらずたくさんの人が集まっている。

近所の猫に餌をあげるのが日課になった母のもとには、餌場に来る猫を見に猫仲間が集まるようになった。母が餌をあげられないときはローテーションでスケジュールを組んで餌をあげたりしている。

　その仲間の絆の強さには驚きで、猫の具合が悪いときなどはその猫を家に連れてきて、ほぼ毎日のようにみんなで集まって看病をしていた。その様は、幼い子どもを心配して集まる家族そのものだ。

　父のれんが屋に来る仕事仲間は、よく来ていたおじさんたちに代わって二〇代の若者たちが集まるようになり、華やかだ。

　父と若者たちの組み合わせは私からすると異様で、一度「パパみたいなおじさんとこんなに会っていて楽しいの？」と聞いたことがある。

　彼らは「鈴木さんとの時間はプライスレスです」と言って毎週のように父と銭湯に出かけるのだ。銭湯の中で父と話す会話ひとつひとつが彼らには宝物らしい。

　どうやら彼らにとっては父そのものがワクワクの箱なのだろう。

　結婚して新しい家族と住む私の家には相変わらず学生時代の友達も来ているが、そこにママ友たちが加わった。昔からの友達とママ友が「初めまして」と挨拶を交わし、仲良く食事する姿は何度見ても感慨深い。私はかつての母のように毎週何品ものパーティー料理を作ってみんなを出迎えている。

　今では私が知らないところでママ友が私の高校の同級生を誘ったり、私の知らない友達を誘ったりしていて、いつ誰が登場するかわからなくて面白い。

「今度麻実子の家で」が合言葉のようになっているらしい。それは私にとって幸せこのうえないことだ。

日曜日にはそんな歳も職種も違うみんなと家族が私の家で一堂に会し、ごちゃまぜになって母と私の手料理を食べている。同じマンションに住む母は自宅で料理を作ってくれて、私の友達が母の部屋の階までそれを取りに行くのだ。

私の中学の友達、高校の友達、ママ友たち、父の学生時代の友達、父の仕事仲間、そんな出会うはずのない皆がひとつの食卓を囲んで談笑している。

そこで出会い、仲良くなって、いつのまにか私は高校の友達の家族と父の仕事仲間と皆で旅行に行ったりしている。旅行中もふと「なんだこのメンツは?」と不思議な感覚になるのが面白い。

今度は、そこに私がやっているオンラインサロン「鈴木Pファミリー」のメンバーも加わり、総勢五〇人で出かける計画もある。レストランを貸し切って、みんなで「ジブリ飯ビュッフェ」を食べる予定だ。

初めて会う人同士が父や私を通じて出会い、「初めまして」と挨拶を交わしながら一緒にご飯を食べる。鈴木家の大好きなごちゃまぜ空間だ。

時が経ってメンバーや場所が変わっても、私たちの中に箱はあった。

鈴木家の箱は引っ越しをしたら消えてなくなってしまうようなものではなく、どこにいても私たちそれぞれが持ち続けていられる箱だったのだ。

それは私自身でもあり、父や母そのものでもあり、恵比寿であり、この家であり、実家であり、鈴木Ｐファミリーなのだ。

私が残したいもの。

それはいつでも皆が自由に入ったり出たりできる鈴木家の箱だ。一生閉じることのないその箱でこれからもずっと、家族や友達や仲間たちを受け入れていきたい。

次は何がその箱に入るのか、ワクワクしながら毎日を生きていけたら幸せだ。

変わらないもの、一生続くもの、消えないもの。

そんなものがなかなかないこの世の中で、せめて私は変わらず、ずっとこの箱を大切にしたい。


息子は幼稚園の頃からいつも帰り道で「今日は誰がいる？」と聞いてくる。今さっきも息子の同級生から「今日行っていい？」と電話が来たところだ。

週末になるとたくさんの同級生を呼んでお泊り会をする。同級生たちのお誕生日会も毎回うちで開いているし、最近では同級生の弟の誕生日会もやるようになり、その弟の友達までもが来るようになった。いずれは同級生の弟の友達の誕生日会もうちでやれたらと思っている。

息子が出かけていても、子どもたちはうちで集まって遊んでいる。塾から帰ってきた息子は自分の家で遊んでる同級生の友達に「ただいま！　はじめまして」と挨拶をしている。どこかで見た光景だ。そのうち合鍵を渡したいと言い出すのかもしれない。

鈴木家の箱は、息子にも受け継がれている。

父がいなくなっても、私がいなくなっても、息子に、孫に、その子どもに、鈴木家の箱が受け継がれてくれたらと願う。

# カントリー・ロードが生まれた日

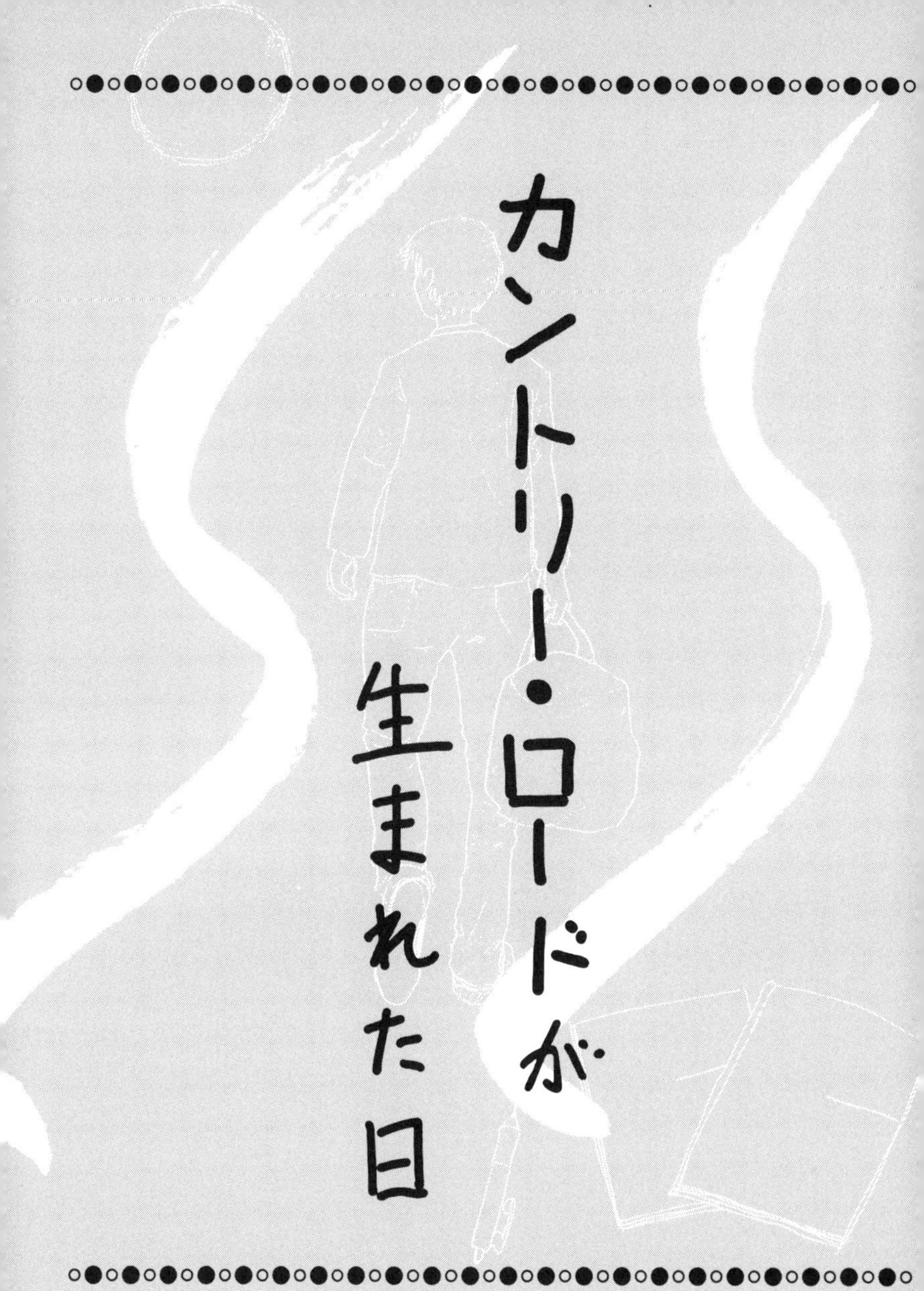

「まめ、作詞してみる？」

リビングでくつろいでTVを見ていた私に父が突然そう聞いてきたのは、私が一八歳の頃だった。

私は開口一番「ギャラいくら？」と言ったらしい。言ったらしいというのは、当の私は覚えていないからだ。

父にいつもこのときの話をされるのだが、「そんな図々しいこと言うかな私……」といまだ半信半疑だ。もし言ったとしたら冗談で言ったんじゃないかと思うのだが、父は「あれは真剣な顔だった」と言い張る。

私の名誉のために言っておくが、私はもっと謙虚な性格だ。少なくとも自分ではそう思っている。

その台詞《せりふ》を言ったか言ってないかはさておき、私はそのとき内心はっとしていたのだ。

私は中学生の頃から詩を書くのが好きで、毎日いくつもの詩を大学ノートに書いていた。同じ塾に通っていた同じ趣味を持つ友達と密かにお互いの書いた詩を見せ合ったりしていたのだが、その子以外には誰にも言っていない、密かな趣味だった。

なぜって、学校での私はそんなキャラじゃなかった。文学少女でもなかったし、おとなしいキャラでもなかった。いつも騒がしくて女友達と男の子の話ばかりしていてたまに学校もさぼって母に大激怒されたりするアホな女子中学生。

そんな私が夜な夜なノートに詩を書いているなんて、恥ずかしくて誰にも知られたくなかった。

もちろん家族にも言ってなかった。家族になんて一番知られたくなかった。

それなのに突然「作詞してみる？」とはどういうことか。あの大学ノートを盗み見ていたに違いないと思った。

思えばあの頃、キレイ好きな父は休みの日になるといつも家の掃除をしていた。リビングテーブルの上に置いてある食べかけのご飯にラップをして冷蔵庫に入れ、使い終わって置いたままになっているコップを洗い、そこらじゅうに散らばっている誰のかもわからない本やプリントを重ねて部屋の隅っこに片づけ、みるみるうちに家じゅうをキレイにしていた。

当時の私は部屋が汚く、勉強机は読みかけの本ややりかけの宿題が重なって置いてあって鉛筆が散乱してぐちゃぐちゃだった。父は散らばっている鉛筆を一本一本ペン立てに戻し、プリントや本を本棚にキレイに並べて机の上に空間を生み出し、見違えるほどキレイに整頓するのだ。

家族としてはありがたい部分もあったが、家族に聞かずにいろいろな物をどんどん捨ててしまうのでそれは困った。いちど弟の大事な宿題プリントがなくなって弟が落ち込んでいたのを今でも覚えている。「パパが捨てたんだろうな」と家族みんなが思っていたが、「自分が整頓していなかったのが悪い」という無言の圧を感じていたので誰も何も言わなかった。

その頃の圧が効いているのか、今の私は掃除が好きで、家の中も比較的キレイだ。今の私のキレイ好きは父のおかげなのかもしれない。

そんなふうに父が私の部屋を掃除していた頃、私の部屋には詩を書いた秘密の大学ノートが何冊も置いてあった。いつもキレイに本棚に並べられていたが、きっとあのときに大学ノートの中身を盗み見ていたに違いない。そうじゃなければ、突然「作詞してみる？」と言うのはおかしいだろうと思った。

「絶対見たんだろうな」と疑いの目で父を見つめながら話を聞いてみると、どうやらそれを言い出したのは宮崎駿さんだそうだ。

今度作っている『耳をすませば』という映画で使う歌詞を宮崎さんが書いていたのだが、なかなかうまく書けず、父が「そろそろ書いてくれなきゃ困るよ」と急かすと、宮崎さんは「そうだ！　鈴木さんの娘に書いてもらおう！」と言い出したそうだ。映画の主人公が中学生だったので、歳の近い女の子に書かせたらいいんじゃないかということだったらしい。

父は宮崎さんが逃げようとしていると思ったそうだ。でもこれで私に書かせてみて、よくなければ宮崎さんもやるしかなくなるだろうと思い、私に書かせてみることに同意したらしい。

私としてはなにやらよくわからないし、歌詞なんて書いたこともないのだからできるはずがないと思ったけれど、まあ宮崎さんが歌詞を書く参考にするだけなんだろうし軽い気持ちでやってみようと思い、「じゃあ書いてみる」と答えた父からは、『耳をすませば』の原作コミックとCDを手渡された。

四畳の小さな自分の部屋でベッドの上に寝ころび天井を見つめ、CDプレイヤーにCDをさしこみ、「カントリー・ロード」の曲を聞いた。よく詩を書いているのだから、曲を聞いたら自然に歌詞が思い浮かんでくるのかもしれない。ファースト・インプレッションが大事だ。

しかし情景を浮かべようとしても、浮かぶのはアメリカだかどこだかの農園のトウモロコシ畑とか、はたまたミレーの絵に出てくるような黄土色の田舎風景だ。いかにも「カントリー」という情景しか浮かばなかった。中学生の女の子の書きそうなものを書いてほしいと言われているのに、そんなイメージとはほど遠かった。

「あーやっぱり私には歌詞を書くなんて無理だ」と思い、「とりあえず忘れよう」が特技の私は、とりあえず作詞のことは忘れて遊びに行くことにした。

「とりあえず忘れよう」は二週間も続き、私は作詞のことなどすっかり忘れて遊びほうけていた。ある日夜中の二時に家に帰ると、まだ起きていた父に「締切は今日だぞ」と圧をかけられた。楽しい気分で帰ってきたのに、突然急かされた私は少しイラッとして「今から書くよ！」と言ってドアをバタンと閉めて自分の部屋に入った。

部屋に入ったはいいが何をしていいかわからない私は、まずはこたつにもぐりこみ、みかんを食べてひと息ついた。

「とりあえず原曲を訳してみるか」と辞書を手に取った。簡単な英語だったので、辞書がなくてもだいたい意味はわかっていた。あまりしっくり来る歌詞ではなさそうだ。わからない部分を辞書で調べ、直訳してみた。

カントリー・ロード　私を故郷に連れてって　私がいるべき場所に　ウエストバージニア　母なる山　私を故郷に連れてって

うーん、なんか全然しっくりこない。そもそもよく意味がわからないし、なんだか壮大で、中学生が書く詩ではない気がした。

今度は辞書を置いて『耳をすませば』の原作コミックを手に持ち、月島雫《つきしましずく》になりきろうと目をつぶった。彼女の頭の中を書く。私は恋する中学生の女の子。

と思ったはずなのだが、なぜか思い浮かんだのは男の子。まっすぐな一本道をただひたすら必死で歩く。強い決意を感じる歩調。何かを振り切るように。

そんな光景が突然目の前に現れ、離れなかった。

カントリー・ロード　この道　ずっと　ゆけば　あの街に　続いてる　気がする
カントリー・ロード

この道をずっと歩けば故郷にたどり着くんじゃないか？　そう思って歩いてるのかな。だから必死で歩いてるのかな。そう思った。

ひとりぼっち　何も持たず　生きようと　街を飛び出した

そんな歌詞を思いついたように思う。何十年も前のことなのでどんな歌詞だったかは正確には覚えていない。

でも「都会で頑張っている、田舎町を出た男の子が、毎日通るこの道で、故郷を思いだして帰りたくなる。でも帰らない、負けないと決意して、故郷に別れを告げ、今日も足早に歩く」という情景が、目の前に浮かんだのをはっきりと覚えている。

今でもその情景は忘れられない。大きな月の見える夜空を見ながら土手のような道を歩く男の子。

原曲ではもっと歳のいった人の歌詞だったのかもしれないけれど、故郷を出た男の子もきっと同じように月の浮かぶ道の先に故郷を思っていたに違いない。

数年後に『嫌われ松子の一生』という映画を見たとき、似たような光景が出てきた。こんな道だったなとそのときに思ったのだ。


そうして「カントリー・ロード」の歌詞はできあがった。

それはたった五分くらいの出来事だった。突然情景が浮かんで、一気に歌詞ができたのだ。少し字余りもあったけど、参考にするだけなんだからいいと思った。

でも、問題は……まったく月島雫の心情ではないということだ。

女子中学生の歌ではない。故郷から飛び出した男の子の歌だもの。

これじゃ『耳をすませば』の内容と関係なくなってしまう。さすがにまずいかなと思い、月島雫になりきってもう一度考えてみようと思ったけれど……無理だった。

さっきの歌詞が良すぎる。それしか考えられなかった。

カントリー・ロードは誰が何と言おうとこういう歌だ。そう思った。

実は父は、宮崎さんはその歌詞を気に入らないだろうと思っていたらしい。中学生の女の子の歌ではないからだ。

しかし意外にも宮崎さんは歌詞を気に入ってくれて「いちど娘さんに会って話がしたい」と言ってくれたのだそうだ。それを父から聞いた私は「やだ」と一言吐き捨てたそうだ。反抗期の娘はそんなものだ。父の仕事関係の人に会うなんて面倒くさいの極みなのだ。

それから数日後、今度は『耳をすませば』の絵コンテを手渡された。

あの歌詞には二番がなかったから書き足してほしいとのことだった。

そして「あの歌は女子中学生の歌じゃないし、年齢設定も違うから、絵コンテをよく読んでもう一度書いてみて」というようなことを言われた。

私は再びこたつに座りみかんを食べ、ひと息ついてから絵コンテを読んだ。絵コンテなんか読んだこともないからよくわからなかったが、劇中で雫が作る大事な歌なのだということはわかった。

しかし絵コンテを読めば読むほど、私の書いた歌詞は内容と合わない。なんとかすり合わせようとしたが、そもそも男の子の歌なのに、女子中学生の要素を入れるなんて到底無理だった。

もう一度いちから書き直してみようと思ったが、いくら考えてもあの歌詞よりいい歌詞は出てこなかった。

仕方なく私は世界観を変えず、一番の続きの歌詞を書くことにした。一番の続きならスラスラ書けたのだ。

「私にはこれしか書けない」と言って、できあがった歌詞を父に手渡した。

後日、家でくつろいでいると宮崎さんから電話がかかってきた。

宮崎さんから電話がかかってくるなんて初めてのことで、恐る恐る電話に出た私に宮崎さんは開口一番「なんであんな歌詞が書けたんですか?」と言った。

「なんで書いたんですか?」ではなく、「なんで書けたんですか?」と言ってくれたその言葉は、賞賛に聞こえた。

でも私は「ただ思い浮かんできたから」と答えるしかなかった。宮崎さんは「うーん……うーん」と電話口で小さくうなり声をあげて「僕の作った歌詞を聞いてくださ い」と言った。

「コンクリート・ロード　どこまでも　森を伐《き》り　谷を埋め……」と劇中で少し流れるあの歌を宮崎さんが歌った。

「どう思いますか?」と自信なさげに聞く宮崎さんに、

「ひどいと思います」と正直に言った。

「そうですよね……」と少し落ち込んでいた様子だった。

「どうやったらあんな詩が書けるんですか?」ともう一度聞かれたけど、私にはやはり答えられなかった。

ただ浮かんできただけだし、宮崎さんが求めている月島雫の詩ではなかっただろうから、申し訳ない気持ちになった。

作詞の手法はよかったけれど、もっと年齢を下げて女の子目線で書いてみてほしいということなんだろうなと思った。それがうまくできないし説明もできないことが申し訳ない……そんな気持ちで「すいません」と言いながら電話を切った。

それからどのくらいの時間が経っただろう。もう作詞のことも忘れたような頃に、父から「『耳をすませば』の映画ができたから見る?」と言われた。

宮崎さんはどんな詩を書いたのか、楽しみだった。

映画を見ていると「コンクリート・ロード」の歌詞が出てきたり。「まさかこれでいったの？」と思っていたら……

カントリー・ロード　この道　ずっと　ゆけば……

耳を疑った。

私が書いた歌詞を映画の中で月島雫が歌っていた。

どういうこと？　わからなくてパニックになった。

劇中で少し使ってもらえることになったのかも……。そう思ったのもつかの間、映画を見進めていくと、どう考えても私の書いた歌詞が主題歌に使われていたのだ。

映画を最後まで見終えたあとは、放心状態だった……。何が起きたかわからなくて、夢のようで、よくわからなかった。

父が「主題歌になったんだよ」と教えてくれた。

どんだけのサプライズ。

本当に心からびっくりしたし、本当の話なのかも信じられなかった。

私が書いた歌詞がジブリ映画の主題歌になっている。うれしいけど、もちろんうれしいけど、「年齢差はよかったの？」とか、「男の子でよかったの？」とか、頭の中ははてなでいっぱいが正直な気持ちだった。でも映画を見終わってエンドロールを見ながら、

「やっぱりあの歌詞しかなかったな」

とも思った。

「あれは天沢聖司《あまさわせいじ》君の歌だったのかな？」とも少し思った。旅立つ彼の未来の歌なのかな。今でもそれはわからない。書いたときはそんなことまったく思ってなかったし。でもどこかで感じていたのかもとも思う。

歌詞は字余りのところなどが直されていた。

一点、「丘を巻く坂の道」という言葉は宮崎さんが書いた部分だ。自分がどういう歌詞を書いていたかは忘れてしまったのだが、坂の一本道というようなことを書いていたと思う。それを「丘を巻く坂の道」というすぐさま絵が浮かんでくる言葉で表現するのはさすが宮崎さんだなと思ったのを覚えている。

あの驚きから何年も経って、私は「カントリー・ロード」に驚かされ続けている。

見ず知らずの人から大好きだと言われたり、プロの歌手の方が歌ってくれたり、息子の小学校の教科書に載っていたり。

「カントリー・ロード」はいまだ私の人生の中の大事件だ。

あの歌詞を書かせてくれる機会を与えてくれてしかも主題歌にまでしてくれた宮﨑さん、父、近藤喜文監督には感謝の気持ちでいっぱいだ。

なぜあの歌詞を使うことになったのかは誰も教えてくれなかったが、もうそんなことどうでもよかった。

「カントリー・ロード」を書けたことは、今では私の人生最大の誇りだ。

よく聞かれるのだが、印税はもらっていない。主題歌になることなんて知らなかったのだから、契約なんてものもしていない。

でも私はギャラより印税よりも何倍も価値のある、素晴らしい想い出というプレゼントを「カントリー・ロード」からもらい続けている。

# 緑ばばあとの遭遇

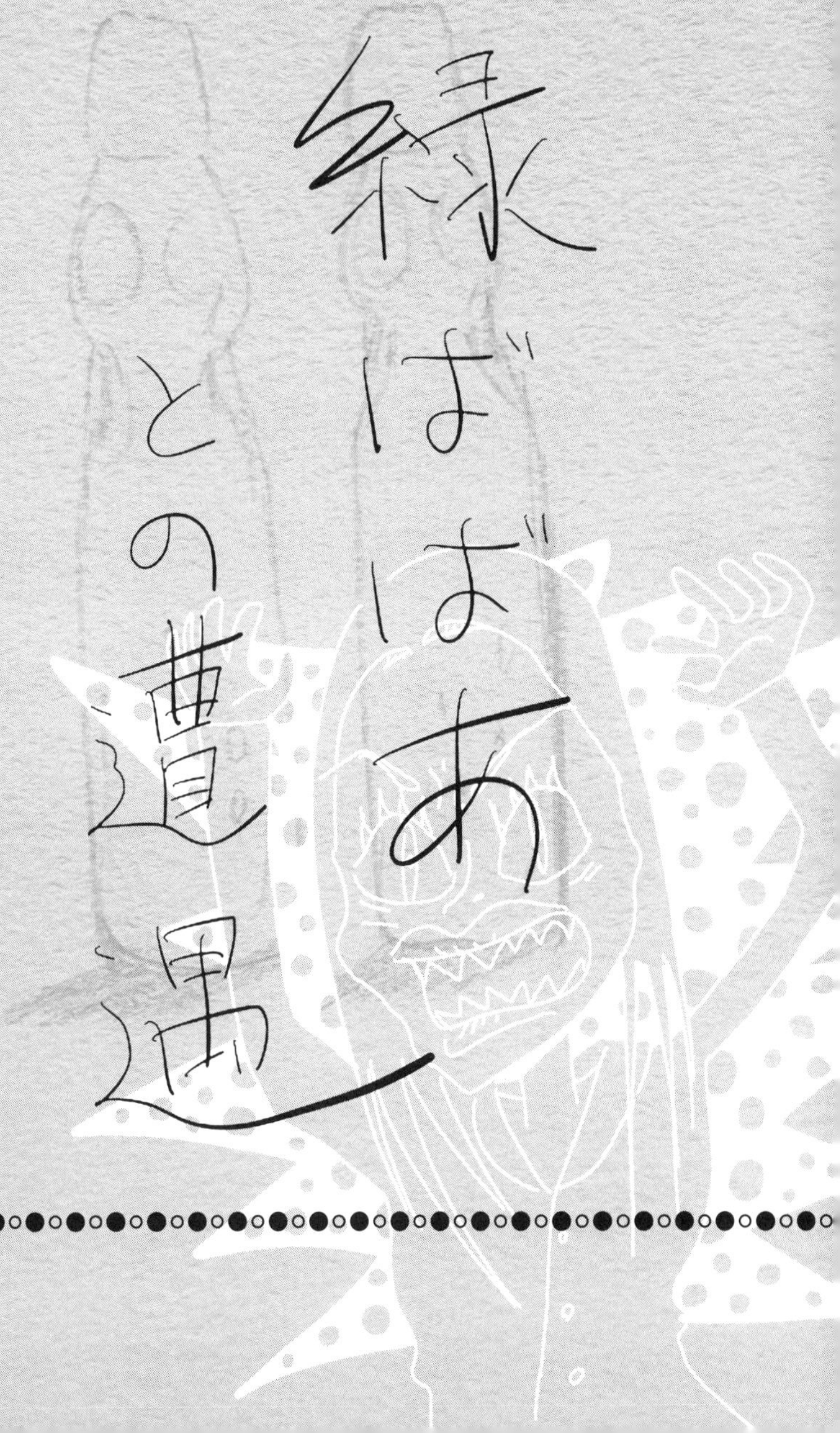

恵比寿横丁という飲み屋街ができたのは、何年前のことだろう。私にはつい最近に思えるのだが、もう一五年前の二〇〇八年のことだ。

　恵比寿横丁ができたときはすごくおしゃれなものができたと思ったものだ。今では繁華街のようになり、酔っ払いがそこらじゅうでたむろしている恵比寿も、少し前までは人も少なく、どちらかというとさびれた街という印象だった。


　恵比寿横丁ができる前、あの場所は「山下ショッピングセンター」という、ショッピングセンターとは名ばかりの、閉店したお店が立ち並ぶうす暗いトンネルのような空間だった。二店舗くらいは営業を続けていたが、入り口を見るかぎりそこでお店がやっているなんて想像もつかないような雰囲気だった。きっと知る人ぞ知る、地元の昔からの住人の憩《いこ》いの場だったのだろうと思う。

　うす暗いトンネルになる前、山下ショッピングセンターは活気のあるショッピングセンターだった。小学生の私が子どもながらに足繁く通ったのは、同級生のお母さんがやっていた駄菓子屋「フレンド」とサンリオショップの「ナウ」だ。

山下ショッピングセンターはフレンドを中心に三つに分かれた通りがあり、それぞれの通りの先に出口があった。ナウはその一つの出口付近にある小さな店だった。畳一畳分くらいしかないフレンドにはいつも同じ小学校の子どもたちがひしめきあっていた。お店の前に置いてあるゲーム台で遊んだり、細長い店内の両側にびっしり置かれた駄菓子を買ったり、一〇円のくじを引いて一喜一憂したりして、毎日が縁日のようなお店だった。

一〇〇円あれば何時間も遊べるフレンドは、小さな私たちにとってパラダイスだった。かぎっ子だった私は、母がたまに置いて行ってくれる一〇〇円を持って友達と一緒にフレンドで楽しい時間を過ごしていた。

フレンドのおばさんは同級生のお母さんであったにもかかわらず、いつも子どもたちに無愛想だった。ふくよかな体型に白髪交じりのひっつめの髪、いつも遠くを見ているような光のない目。

何度もくじをやりたがる私たちを面倒くさそうに睨《にら》むような素振りをしたとき、震え上がるような気持ちになり、何も悪いことをしていないのに怯《おび》えていたのを覚えている。

今考えるとおばさんはそんなに無愛想なわけでもなく、たまに声をかけてくれて雑談をするような場面もあったのだが、小さな私たちは恐い体験ばかりをクローズアップしていつもヒヤヒヤしていた。ヒヤヒヤしながらも毎日フレンドに通うのがまた子どもらしいのだが。

陰でこっそり「恐怖の鬼ばばあ」なんてあだ名をつけていた。

私が人生で忘れられない恐怖体験をしたのもこの山下ショッピングセンターだった。私たちのもう一つの憩いの場、サンリオショップの「ナウ」での出来事だった。

小学校五年生の夏、私は幼馴染のワカナと渋谷にあった日能研の夏期講習に通っていた。その日はワカナと二人で日能研に行った帰りに渋谷駅の構内にあったサンリオショップに寄った。

そこで私たちは世にも恐ろしい体験をしたのだ。

今でも忘れない「緑ばばあ」との遭遇だ。

そのご婦人は、年の頃は四〇代半ばくらいだろうか。全身緑のワンピースを着て、髪は長いぐりんぐりんのソバージュ、近くに寄ると化粧の匂いがプンプンするような厚化粧で、真っピンクの口紅をしていた。しかもその口紅は片側が大いにはみ出し、見た瞬間に「口裂け女だ」と思ったのは言うまでもない。

私とワカナはその女性を凝視したまましばらく目が離せず、その後顔を見合わせ

「口裂け女だよね」という無言の確認をしあった。

なんとなく恐い雰囲気を醸し出す口裂け女と目が合うのを避けるように、私たちは彼女から死角になる場所に移動しながらサンリオグッズを見ていた。

恐いもの見たさからたまにチラッと口裂け女のほうを見ると、眉間《みけん》に皺を寄せて何やら真剣にグッズを見ている。

「娘さんへのプレゼントを選んでいるのかな」と今なら思うかもしれない。でもその頃の私たちにそんなことを考える余裕はなく、恐い顔をしてグッズに見入っているその姿は、口裂け女が獲物を選別しているかのように見えていた。

私たちはなるべく目立たないようにひっそりと気配を消していた……つもりだったのだが……。

「あんたたち何見てるのよ！　邪魔なのよ！」

口裂け女の口がクァッと大きく開いたのを見たのと同時に、その叫び声は店内中に響き渡った。私たちはあまりの驚きにビクッと身体が震え上がり、そのまま硬直して動けなくなった。

私たちの目線の先には口裂け女がこちらをにらんでいる。まるで私たちの空間だけスポットライトが当たっているような緊張感が私たちを包み、私たちはその口裂け女を見つめたまま目を離すこともできなかった。

「どきなさいよ!! 邪魔だって言ってるでしょ!」

般若《はんにゃ》のような顔で近づいてきた口裂け女は、私たち二人の間を割って入るように体当たりをしてきた。

一瞬何が起きたかわからなかった。知らないおばさんが敵意むき出しでぶつかってくるなんて、今までの人生で経験したこともなければ想像したことすらなかった。

体勢を崩した私たちはそれでもその場から動くことができず、「すいません……」と出ない声を絞って口をパクパクさせるのがやっとだった。

口裂け女はなお罵倒《ばとう》をやめず、キンキン声で「なんなのよあなたたち!」などと叫びながら鬼の形相で私たちをにらんでいた。

そのうち騒ぎを聞きつけた店員さんがこちらに向かってきた。口裂け女ははっと我に返るかと思いきやそんなことはなく、それでも私たちに罵声を浴びせてにらみながら、しかし店員さんが到着する寸前に「本当邪魔くさい!」と捨《す》て台詞《ぜりふ》を吐きながら店内から去っていった。

私たちは恐怖で身体がすくみ、「大丈夫だった?」と声をかけてくれた店員さんにまともに答えることもできず、ただひたすら何度もうなずいていた。

おしっこちびりそうとはこのことだ。

見た目だけでも恐怖だった口裂け女に、わけもわからず怒鳴られて体当たりされた。

ひっぱたかれるんじゃないかと思った。店員さんが来なかったらそうなっていたかもしれない。そのぐらいの勢いだった。

何かした覚えはない。ただたまにチラチラと見ていただけなのに、それが気に触ったのだろうか。

以前、もっともっと幼い頃、私とワカナはそのときと同じような恐い体験をしたことがある。一緒に通っていた幼稚園の年中組のときの出来事だった。

同じクラスにすぐに人の首を絞めてくる男の子がいた。なんか気に入らないことがあると両手で同級生の首を絞めてしまうのだ。先生が注意をすると大声で叫びながら暴れて先生のことを蹴っていた。

きっと園で問題になっていたのだろう。午後子どもたちが園庭で遊んでいると、その子のお母さんがやってきて、教室で先生と話し合いをしていたのだ。

恐ろしいことが起きたのは、話し合いが終わって先生とそのお母さんが帰るときだ。

そのお母さんは園庭で遊ぶ私たちに向かって、

「なんでうちの子が悪いんだ！　お前らが悪い！　お前らが辞めろ！！」

と大声で叫んだのだ。

驚いた私たちは、幼心に団結しなければと思ったのだろうか。すぐさまみんなで一カ所に集まったのを覚えている。先生たちは三人くらいでそのお母さんを取り押さえ、「やめてください」と言いながら園の外に押し出していた。

その間そのお母さんはずっと
「ふざけんな！　お前らが悪いんだ！！」

と叫び、そのまま引き出されるように外へ連れ出されていた。

現場は騒然である。

泣きだしてしまう子もたくさんいて、先生たちはその対応にてんやわんやしていた。

私は大人が「ふざけんな」なんて言葉を使うのをＴＶでしか見たことがなかったので、とても恐かった。その次の日から、首を絞める男の子は二度と登園することはなかった。そのまま辞めてしまったのだと思う。

四歳にして、今でも忘れられない恐怖体験だった。

私は口裂け女と遭遇したときに、すぐさまそのときのことを思い出していた。

あんな恐い体験はもう二度とないかと思っていたが、またしてもワカナといるときに遭遇してしまった。

私とワカナは口裂け女が去ったあとに「あの幼稚園の頃のおばさんと一緒だったね」と話した。お互いの恐怖心が落ち着いた頃、「今日のおばさんは緑の服を着てたから緑ばばあと名付けよう」と決めた。

友達と共感しあい、あだ名をつけた途端になんだか少し恐怖心が薄れ、笑い話にできるような感覚になるから不思議だ。恐怖心に打ち勝つための、子どもながらの処世術だったのかもしれない。

気を取り直し、私たちは渋谷を離れて恵比寿のナウに行くことにした。もう渋谷のサンリオショップは恐くて行けない。やっぱり地元のほうが安心すると思った。

山手線に乗って恵比寿に着くと、私たちは駅から五分くらいの山下ショッピングセンターに向かった。

ナウの店内は空いていて、お客さんは私たちだけだった。ナウは小ぢんまりした店で、畳二畳分くらいの広さだった。貸し切り状態に気をよくした私たちは先ほどの恐怖も忘れて、キャッキャとレターセットを選んでいた。

そんなときだ。

貸し切り状態だった店内に新しいお客さんが入ってきた。

視界に見覚えがある緑のワンピースが入ってきて、私たちの時が止まった。

「緑ばばあだ……」

ワカナが小さくつぶやいた。

目の前にいるのは紛れもなく先ほど私たちを罵倒した緑ばばあだった。

こんなことがあるだろうか。小学生の私たちは一瞬何が起きたか理解ができなかった。

しかし幻覚ではない。緑ばばあの口元はピンクの口紅がしっかり片方の頬付近まではみ出していた。

ワカナと私は目を合わせ、とにかく気づかれないように店を出ようと確認し、緑ばばあがいる場所の棚をはさんで反対側に身を潜めた。

棚の隙間から緑ばばあが見える。こっち側の商品を見たら棚の隙間から私たちが見えてしまう。いっかんの終わりだ。

鼓動は早まり、足はすくんだ。先ほどの恐怖の体験がフラッシュバックして、一度目の遭遇の何倍も恐かった。

『ジュラシック・パーク』の映画で、主人公が隠れているすぐ付近まで恐竜が匂いを嗅《か》ぎに来ているのを見ると、いつ見つかるかと不安で心臓がバクバクしたものだが、そのシーンを見ているときのような緊張感だった。私は胃の中が逆流し、吐きそうになった。

緑ばばあはそんな私たちの存在には気付かずに、店員さんを呼んで何やら質問をし始めた。その間に出口から逃げようと思ったそのとき、

「なんでないのよ!!　わざわざ来たのにどういうことよ!!」

と聞き覚えのある罵声が聞こえ、私たちはビクッと身をすくめた。

緑ばばあがまた、今度は店員さんに怒鳴ったのだ。どうやら探していた商品がなかったらしい。

一人しかいない店員さんは困っている様子だ。

でも私たちはそんなことを考える余裕もなく、緑ばばあの罵声がスタートの合図と言わんばかりにダッシュで走り、すぐの角を曲がってフレンドに逃げ込んだ。


いつも大勢の子どもたちで溢《あふ》れているフレンドは夏休みで時間が夕方近くだったこともあり、店の前のゲーム機で二、三人が遊んでいるくらいで、静かだった。

私たちはハアハアと息を切らして腰をかがめ、しばらくしゃべれなかった。

「どうしたの？　あんたたち、大丈夫？」

と声をかけてくれたのは、いつも恐いと思っていたフレンドのおばさんだった。

小学生二人が恐怖の形相で走りこんできて動けなくなっているのだ。フレンドのおばさんもさすがに驚いたのだろう。

「ちょっと落ち着いて座りな」

と言ってゲーム機の近くの丸椅子を二つ店内に持ち込み、ラムネを出してくれた。

相変わらず無愛想だったが、いつもより少し優しい話し方だった。

私は緊張の糸が切れて少し泣いてしまった。フレンドのおばさんは何を聞くでもなく店の奥のいつもの位置に座り、私たちを見守るように見ていた。ふくよかな体でどっしり構えているさまがビリケン様のようで、そのときの私たちには心強かった。

フレンドのおばさんは恐怖の鬼ばばあではなかったのだ。ただ少し無愛想なだけの優しいおばさんだった。

私たちは勝手なイメージでおばさんを恐いと決めつけていたに過ぎなかった。「恐怖の鬼ばばあなんて呼んでごめんなさい」と私は心の中で謝った。

その日、私たちは注意深くまわりを観察したが、緑ばばあがフレンド付近を通ることはなかった。恐らくナウに近い出口から帰ったのだろう。一時間くらいしてやっと安心することができた。

それにしてもやっと逃れた恐怖に同じ日にまた出会ってしまうなんてこの上ない恐い体験だった。もしかしたら私たちと緑ばばあは同じ電車に乗って、渋谷から恵比寿まで移動していたのかもしれないと思うと、背筋が凍るほどゾクッとした。

これが私の人生で今でも忘れられない恐怖の一日だ。

今考えるとそんなに恐いことではないのだが、今でも忘れられないということが、当時の私がどれだけ恐かったかを物語っている。それから数年は渋谷に行くたびに緑ばばあがいるんじゃないかとビクビクしていたのだ。

そんな恐怖の想い出から三〇年以上の時が過ぎ、活気のあった山下ショッピングセンターも次々と店が閉店し、二〇年ほど前についに閉鎖された。それからシャッター商店街の状態を経て数年後、商店街を再利用した恵比寿横丁という新しいスポットに生まれ変わった。

その間に私も歳を重ね、一〇歳だった私は四六歳になった。

今あの恐怖の一日のことを冷静に考えてみると見方は全然変わってくる。

緑ばばあは、たしかにヒステリックであったことは間違いない。

でも今、私もあのご婦人と同じ年くらいかもっと歳上になった。老眼も進み、化粧をするのにもひと苦労。気づけば口紅がはみ出していることもあるし、片方のアイラインを跳ね上げ過ぎてしまってるのに半日経って気づくこともある。

あのご婦人ももしかしたら老眼でよく見えなかったのかもしれないし、何かを食べたあとに口を拭いて、口紅がこすれてはみ出てしまっただけなのかもしれない。

娘に頼まれたプレゼントを探しに暑いなか渋谷まで来たのにお目当ての商品がなく、チラチラ見てくる小学生の二人にイライラして怒鳴ったのかもしれない。ちょうどホルモンのバランスが悪い日だったのかもしれない。

そしてさらに恵比寿まで出向いたのになお商品がなかったので、店員さんに八つ当たりしていたのだろう。もしかしたら渋谷で「恵比寿店になら在庫があります」と伝えられて来たのかもしれない。

そう思うと今ではあのご婦人の気持ちが少しはわかるのだ。人間じゃない妖怪のように思っていたが、決してそんなことはない、普通の中年女性だった。

そして幼稚園のときに見たあのお母さんも。我が子を思うばかりにあんなふうに取り乱してしまう親がいることは、自分も子を産んだ今なら少しは理解できるのだ。もちろん幼い子どもたちに罵声を浴びせるのは言語道断だが。

幼い頃の恐怖心というものは今の何百倍にも増幅されているものである。

フレンドのおばさんがそうだったように、私が出会ったあの方たちにも普段は優しい面もあり、あのひとときの恐い面はその人のほんの一部なのだろう。

そう思うと、今あの方たちにお会いして話してみたい気になるのだ。

「あの日はすこぶる機嫌が悪かった」「私たちは背筋が凍るほど恐かった」と恵比寿横丁で飲みながら笑い合えるだろうか。

恵比寿横丁の横を通り過ぎるときは、いつもそんなことを想像してニヤニヤ笑ってしまうのだ。

# 鈴木Pファミリーの始まり

私は正直、ジブリ映画をそんなに知らない。

ひととおり見たことはあるが、公開時に見たきりのものがほとんどなのでもう記憶は薄れている。

先日、私がやっているオンラインサロン「鈴木Pファミリー」のメンバーと『耳をすませば』の実写版を見た。ジブリ版をほとんど覚えていなかったのでどこが再現されているかまったくわからず、みんなの話についていけなかった。

私がジブリの話についていけないのはいつものことなので、メンバーは皆、初めて見る子どもに教えるように丁寧に説明してくれる。ありがたいことだ。

ちなみに父のラジオも数回しか聞いたことがないし、父の書いた本は一度も読んだことがない。父が出演したＴＶや何かの賞をとったときも、友人やメンバーからの連絡で知ることがほとんどだ。

こう言うと驚かれるのだが、父の仕事やジブリに関して、私はまわりの誰よりも無知なのだ。

なぜ私が父やジブリに無知なのか。無意識に避けてきたからなのかもしれない。ずっとジブリが好きではなかった。ジブリ映画を見ると複雑な気持ちになる。いつもいつも私についてまわる、決して逃れられない「ジブリ」というワードへの拒否感、そして家族から父の時間を奪うジブリを、私はどうしても好きになれなかった。

小学校の頃に男友達から「お前の親父アリオンのサインもらえるだろ？　一生のお願いだからもらってくれよ」と謎のお願いをされた。

アリオンが何かも知らなかったし、父の仕事もよくわかっていなかった私は、最初は断ったのだが、彼のあまりの熱意に押され、父に聞いてみることにした。

「友達がアリオンのサインを欲しがってるんだけど、アリオンって何？」と聞くと、

「アニメのキャラクターだよ」と言われた。

それじゃあサインなんて無理じゃないか。彼は何を言ってるんだ……と戸惑っていると、父はどこかから色紙を出してきてなんの躊躇《ちゅうちょ》もなく自分のサインを書いて私に渡した。

私がもっともっと小さい頃、父が畳の部屋のテーブルに座り、なにやら自分の名前をいろんなパターンで何度も紙に書いていたことを思い出す。

「なんでそんなに何度も自分の名前を書くの?」と聞く私に「サインの練習だよ。いつか書くことになるから」と言っていて、「普通の人がサインなんて書くことないのに」と子ども心に思ったのだ。今ではそれが現実になっているのだから、あの頃の父は正しかったのだ。

しかし父がたくさんサインをするようになるのはまだ先の話で、アリオンのサインを頼んだ頃は父のサインを欲しがる人なんていなかったのだ。少なくとも私のまわりには。

なので、男友達が欲しがっているのが父のサインではないことを私はなんとなく気づいていた。

これでいいのか? 絶対違う気がする……と薄々感じながらも、次の日その色紙を「これしかもらえなかったけど」と躊躇しながら彼に手渡した。

そうすると、驚く反応が返ってきた。彼は踊るように飛び跳ね、涙を浮かべて喜んだのだ。

「ヤッター! すげー! アリオンだ!」

そう叫んでいた彼は、当時はそれを本当にアリオンが書いたものだと思っていたんだと思う。「すずきとしお」と思い切り書いてあるのに。

喜んでいるのだから何も言うまいと思った私は、苦笑いでその場をやり過ごした。

彼は数年後その違和感に気づいたのだろうか。

この小学生の頃の出来事が私にとって、父が少し特殊な仕事をしているのだということを初めて感じた瞬間だった。

それからナウシカが放映され、トトロが放映され、父の仕事をよくわかっていなかった頃が思い出せないくらい、私はまわりに父の仕事のことで冷やかされるようになった。

いま思えば称賛だったのかもしれない。でも「ナウシカー」「トトロちゃん」と呼ばれることが、私は嫌で嫌で仕方なかった。

前に『ゲゲゲの女房』というドラマを見たときに、水木しげるの娘が父親の仕事をひた隠しにしていたのを見て、すごく気持ちが分かると思った。

親の何かで目立ってしまうことなど、子どもにとっては苦痛でしかない。「すごいじゃん」なんて言われても、とにかく話題に出さないでくれと心で祈りながら目をつぶるだけなのだ。

それは幼少期だけにとどまらず、大人になるまでずっと続いた。出会った人に自ら父のことを話すことはあまりないが、共通の友人から聞くなどなにかのきっかけで知られることが多く、そのたびにすごく驚かれて、なんとも居心地の悪い気分になったのだ。

「カントリー・ロード」を書いてからはなおさらだ。「カントリー・ロード」を作詞したことは私の人生の大きな誇りなのだが、「カントリー・ロード」の話をすると父のことも話さなければいけなくなるジレンマがあった。

しかし三〇歳くらいを境に、私は人から父やジブリのことを言われることが嫌じゃなくなった。

むしろ嬉しいとさえ思うようになった。称賛は称賛として素直に受け入れられるようになり、父のファンだと言われたらありがたいと思うようになった。

「ジブリグッズでほしいものがあるんだけど手に入る？」なんて人に言われても、「ジブリグッズがほしいと思ってくれるなんて嬉しいな」と思うようになったのだ。

それはある意味、一種の開き直りだったのかもしれない。私がどんなに拒否をしても、どうせ言われるなら受け入れるしかない。

ジブリや父は私の一部のようなもので、それを好きだと言ってくれることは私の一部を好きだと言ってくれていること。ジブリに魅力を感じて私を好きになってくれる人も、私を好きになってくれていることにかわりはないと、自分で自分に言い聞かせていたのかもしれない。

しかしそのマインドコントロールの効果は絶大だった。

鈴木敏夫の娘であることが嫌じゃなくなり、むしろ嬉しいことになり、ジブリのことを聞かれたり何かを頼まれたりすることも喜びに変わったのだ。ひとことで言えば「大人になった」ということなのだろうか。

父との関係が少しずつ変わっていったのもその理由ではないかと思っている。

団塊の世代の父親たちは皆そうだったのだろうと思うが、やはり私の父は特に忙しかった。帰ってくるのは毎日夜中の二時を過ぎていて、顔を合わせることもなかった。

小さい頃は私は父が同じ家に住んでいることを知らず、日曜日に会うと父に「また来てねー」と言っていたそうだ。

家が広かったわけではない。ひと言話せば内容までわかってしまうくらいの家だったが、それでも顔を合わせる機会がなかったのだ。

私はテレビでホームドラマを見るたびに「家族で毎日夕飯を食べるってどんな感じなんだろう？」と憧れていた。

母も仕事をしていたのでベビーシッターが来ていた。鍵っ子だったので、なおさらそういう家族に強い憧れを抱いていた。

父が自営業だったら良かったのに。『渡る世間は鬼ばかり』の幸楽みたいなラーメン屋をやっていれば良かったのに。

そうしたら「ナウシカ」とか「すごいね」とか言われることもなかったのに。

いつもそんなふうに思っていた。

たまに顔を合わせる父は、いま思えばうるさいことを言うでもなく、どちらかというと理解のある父親だったように思う。しかしその当時の私にとっては「仕事ばかりで家族に関心のない父親」と見えていたのだ（今でもその思いは残っているが）。

父とは対照的に母はとても厳しく、過度に干渉するタイプだった。

思春期の私は、母親の過干渉と父親の無関心にはさまれ、そのバランスの悪さに苛立っていて、特にあまり顔を合わせない父のことは「同じ家に住んでいる他人」という遠い存在に思っていた。

実際はそんなに他人だったわけではなく、家族で食事に行ったり旅行にいったりすることもあったのだが、心の中ではそういう距離感だった。

そんな私と父の関係が少しずつ変わっていったのは、私が三〇歳を迎えようとしていた頃だ。それまでは外で遊ぶことが多く実家に住んでいても家に帰るのは夜中だったのだが、私も友人たちも仕事にひと段落がつき、遊び方も変わり、少し落ち着いた生活をするように変わっていった頃だった。

毎週日曜日、中高からの仲良しの四人の友人たちが家に来て、私の家族と彼氏と夕食を食べ、皆で映画を見るのが習慣になった。私たちはそれを「日曜ご飯会」と呼んでいた。

　母の作る夕飯を食べたあとはれんが屋に行き、父がテーブルの上に用意した数本のDVDの中から、その日にどの映画を見るかを皆で話し合って決めた。話題になった洋画を見ることもあれば、父の好みの昔の日本映画を見ることもあった。

　今でも覚えているのは、チェ・ゲバラの若き日を描いた『モーターサイクル・ダイアリーズ』や殺し屋が人を殺しまくる『ノーカントリー』、黒澤明監督の『生きる』、時代劇の『切腹』などだ。

『切腹』は題名からして皆まったく興味をそそられなかったのだが、父があまりに「名作だ」とごり押しするので見た。皆も白黒の時代劇なんてなかなか見る機会がなかったと思うが、見たあとは「意外と面白かった」と盛り上がっていて、父は満足気に「でしょ？　見てよかったでしょ？」とドヤ顔をしていた。


　いま思えばそれが、「鈴木Pファミリー」の始まりだったのだと思う。

　友人たちを通して、私は、どう話していいかわからなかった父と自然に会話ができるようになった。私の友人たちと仲良さげに話す父を見て、私もそうやって話せるようになったのだ。

一度、その中の一人の友人から仕事のことで相談を受け、それを父に相談しに行ったことがある。私は就職もしたことがなかったので社会のことをあまり知らず、社会人の大先輩である父に聞けば、いいアドバイスがもらえるような気がしたのだ。それが、私が父と初めて二人で会話をした時間だった。

初めてれんが屋に一人で行くときは、すごく緊張したのを覚えている。冷たいことを言われるかもしれない。「くだらない」と吐き捨てるように言うのが口癖だった父に、一蹴されるかもしれない。

そう思いながら恐る恐るれんが屋に行ったのだが、思いのほか父は親身になって聞いてくれて、的確なアドバイスをしてくれたのだ。

私にとってそれは父に対する成功体験となり、それを何度か重ねるうちに少しずつ、父との関係が変わっていった。

それと同時に、ジブリに対する拒否感のようなものが少しずつ薄れていった。

私の友人たちにも家族ができて、少しずつ会う頻度も減っていったとき、日曜ご飯会に来るようになったのは父の仕事仲間やその友人たちだった（その一人がクラブハウスで一緒に「父と娘の映画談義」に参加してくれている博報堂の小松さんだ）。

父を好きでリスペクトしてくれている彼らと時間を過ごしていくうちに、私は以前よりもっと父のことを知ることになった。

彼らの話す父は私の知る父とはまったく違う人物像で、仕事場ではそんな感じなんだというのが知れて、とても興味深く面白かった。

家ではいつもゴロゴロ横になってばかりだったし、大体プロデューサーって何をする仕事なのかよくわかっていなかったのだが、どうやら毎日のようにいろんな人と会い、いろんな決断をしているらしかった。

そしてジブリが好きだという彼らの話すジブリ映画もまた、私が見てきたジブリ映画とはまったく別のものだった。純粋な気持ちでジブリ映画を見たらどんなふうに感じるんだろう。

彼らの話を聞いていると、私はなんだか、自分がすごくもったいないことをしていたような気がしてきていたのだ。

もっと父やジブリのことが知りたい。私も純粋な気持ちでジブリ映画を見てみたい。そう思い始めたのはその頃だった。しかし、なかなかそんな機会もきっかけもなかった。

それから数年の時が過ぎ、時代はコロナ禍という誰もが経験したことのない混乱期に突入した。

誰にいつ何が起こるかわからないような不安の中、父もいつまで元気でいるかわからないし、これから先、父と過ごす時間はどれくらいあるんだろうなんてことを考えていた。

ちょうどそんな頃、スマホニュースで芸人の東野幸治さんが娘さんとYouTubeラジオをやっているという記事を読んだ。父娘がこんなふうに仕事を通して関わるなんて素晴らしいとなんだか魅了されてしまい、「私もパパとお仕事してみたい！」と考え始めたのだ。

父と私の共通項と言えば「映画」だ。昔から父と会話をするときはだいたい映画の話だった。父と映画について語ってそれを配信したら面白いんじゃないかと思いついた。題して「父と娘の映画談義」だ。

Youtube配信も考えたが、それはちょっとハードルが高い。誰にも聞かれないのはさみしいけれど、あまりたくさんの人に聞かれるのは恐かった。そんなときにクラブハウスの存在を知り、程よくクローズドでちょうどいいんじゃないかと思い、「父と娘の映画談義」をクラブハウスで配信しようと決めた。

しかしよく考えると、父と二人きりになったことなんて人生で何度かしかないのに、二人でトークするなんて想像しただけで気恥ずかしい。いや、絶対に無理だ。

そこで私は考えた。そうだ、誰かを巻き込もう。

父と映画について語ってみたい人を集めて、皆で語ったら楽しいじゃないか。そんな機会を待ち望んでいる人たちもいるだろうし、私も父と二人で対峙しなくて済んで一石二丁だ！

何より私たち親子はにぎやかなのが大好きなのだ。父娘に他人を巻き込んで一緒に何かをやるなんて、考えるだけでワクワクする、理想的な形だと思った。

こうして映画を語るオンラインサロンをやろうという考えが私の中で固まったのだ。オンラインサロンというものをよく知っていたわけではなかった。LINEニュースで数回その言葉を見た程度だったが、幼馴染がオンラインサロンをやっていたので話を聞いてみたりして、私なりに勉強した。

サロンによってやり方も規模もいろいろありそうだったので、とりあえずやり始めて、あとはまだ見ぬメンバーたちと作っていけばいいと思った。

サロン名は私たち家族のLINEグループ名「鈴木Pファミリー」にしようと決めた。これから出会う皆には、ファミリーのように鈴木家の一員となって、私たちと一緒に想い出を作ってほしい。父亡きあとにもずっとその想い出を共有して、皆で語り合いたい。

そんな思いを込めてこの名前をつけた。

そしてある日の夜、私は父に「ちょっと話があるんだけど時間作れる？」とLINEを送った。父はすぐに時間を作ってくれた。私からそんな連絡が来るのは珍しいので父も構えていたのだと思う。私がれんが屋に入るなり父は「話ってなに？　なんかあったの？」と聞いてきた。

私は事前に用意していた概要を書いた一枚の紙を父に渡して「オンラインサロンをやりたいんだけど、協力してくれない？」と言った。

なにかあったわけではなさそうだと、父はほっと一息ついてその紙をチラッと見たか見ていないかくらいのスピードで「いいよ。協力するよ」と言った。私は驚いた。その紙にはたいした詳細も書いていなかったからだ。

・パパと仕事をしてみたいので父と娘の映画談義を月一くらいでクラブハウスでやりたい。
・それなりの有料にはするけれど、ビジネスをしたいわけではなく、仲間を作って楽しいことをするのが目標なので、顔を覚えられる少人数でやりたい。
・私がある時期、パパと深く関わって交流した記録を残したい。

その三つだけ書いて、あとはその場で説明しようと思っていたのに、まさかのふたつ返事だった。

「え、まだいろいろ決まってないんだけど本当にやってくれるの？」

という私に
「だってやりたいんでしょ？　しょうがないじゃん」

と父はいつもの口調で言った。

フワフワした気持ちで家路につくと、その日の夜に父から
「習うより慣れろだ」

とＬＩＮＥが来た。

私「パパとの最後の想い出作りだしね」

父「あのさ、あと二〇年生きるぞ」

私「あと二〇年しかないんだよ」

というＬＩＮＥのやり取りが、今でも私のスマホに残っている。

そんなふうにオンラインサロンを始めてからもう一年が経つ。

博報堂の小松さんにはなんの説明もせず、「今日からクラブハウスやるから来て」とＬＩＮＥをして、強制的に参加してもらった。

「とりあえず最初は毎週やるからよろしく」と伝えると、小松さんはなんの躊躇もなく当たり前のように毎週来てくれた。今では小松さんもすっかりメンバーの一員だ。

ツイッターで先着順で集めたメンバーは日本各地に住み、いろんなスキルを持ったとても濃いメンバーで、彼らとの交流は想像以上に楽しくて毎日刺激を受けっぱなしだ。

私が知らない父を彼らは当たり前のように知っていて、そんな彼らから父の話を聞くのはとても興味深い。

何十年も家族として過ごしてきた私と同じくらいの時間、彼らは違う視点から父を見て生きてきているのだ。彼らの頭の中には父の年表が全部おさまっていて、いつの時代の父の話もすごく細かく教えてくれる。こんな面白い話が聞けるなんて、想像をはるかに超えている。

父が私とまったく同じセリフを言っていることなんかがあって、父との新たな共通点を知るのだ。以前は父と似ていると言われることは嫌だったが、父を好きなメンバーたちに言われると少し嬉しいような気持ちになるのも新しい発見だ。

父とメンバーの交流も、父の違う一面が見れる。父は私が思っていたよりすごく真面目で、優しく、博識で、いいことを言う。長年家族でいても知らない部分はたくさんあるんだなと思う今日この頃だ。

私よりはるかに父を知る友人たちから、父がどんな人なのかもっと聞きたい。ジブリ映画を純粋な気持ちで好きになれた皆に、ジブリのどんなところが好きなのか聞きたい。純粋な気持ちで見聞きしたら、どんなふうに感じどんなところに感銘を受けるのか知りたい。私が感じ得ることのない感動を、皆さんを通して感じてみたい。

そしてそんな友人たちと、父がどう関わっていくのかをもっと見てみたいのだ。私はそんな友人たちと父をつなげることで、また友人たちを通して父と今までしたことのないような会話がしたいのだ。

それは私にとっても友人たちにとっても新しい、ワクワクする体験に違いないのだ。

あのときにオンラインサロンを始めて良かったと、心から思う。

私や、父や、鈴木家の歴史が、「鈴木Pファミリー」とともに作られていくのを見るのが最高に楽しい。

これからも新しい発見や体験にワクワクしながら毎日を過ごしていけたら幸せだ。

# オキシドール攻防戦

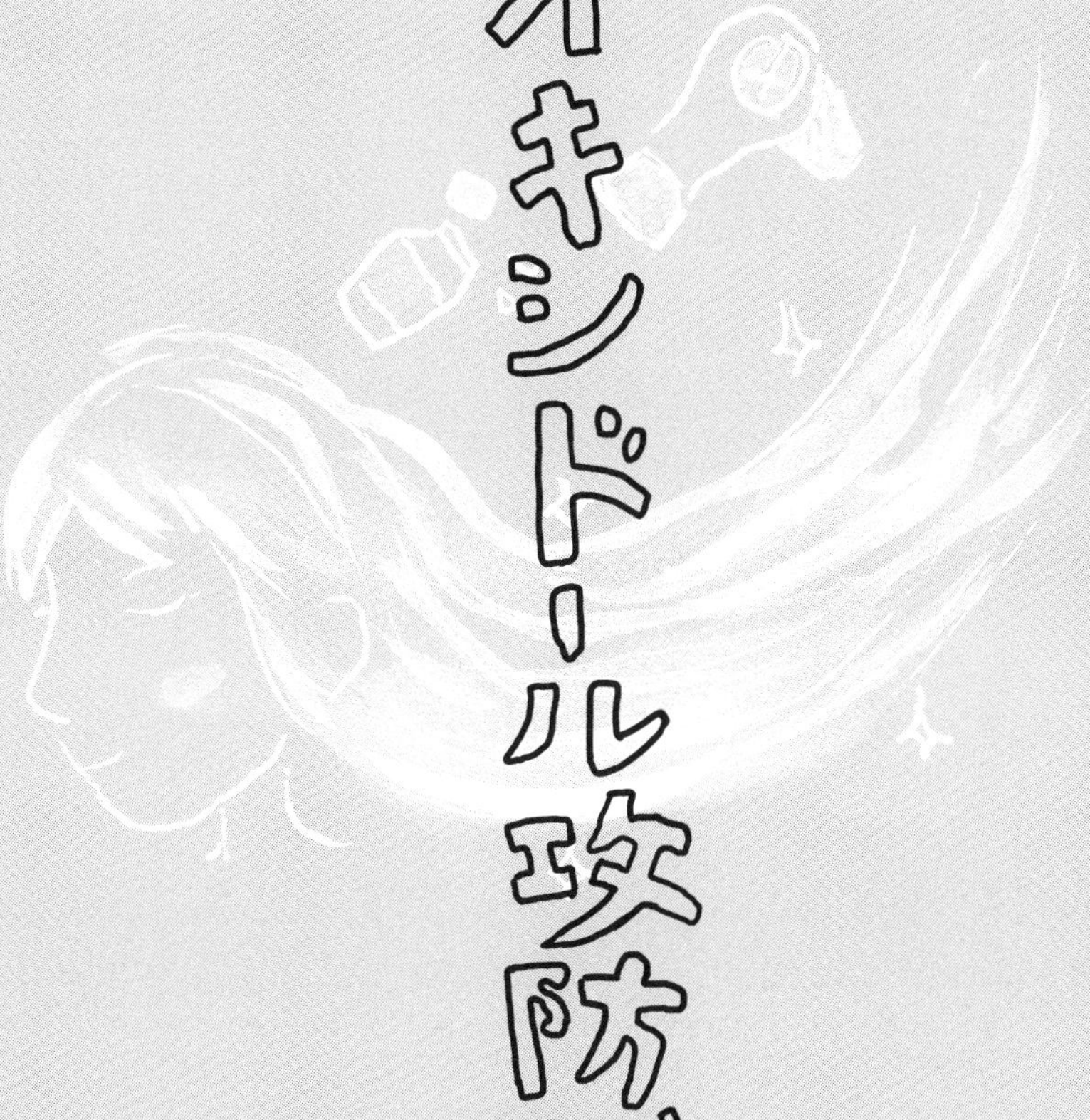

私が中学生の頃は紡木《つむぎ》たくの漫画が大流行していて、クラス内では『瞬きもせず』や『机をステージに』の単行本をみんなでまわし読みをしていた。紡木たくの描く線の細い儚《はかな》げな主人公はとても魅力的で、思春期の私たちには憧れだった。

特に一四歳の孤独な女の子と暴走族の男の子との純愛を描いた『ホットロード』は衝撃的で、主人公の和希と春山の大人びた会話や、踏み入れたことのない不良の世界に私たちは魅了された。今ではギャル雑誌の印象が強い『Popteen』が、暴走族のスナップ写真や体験談でいっぱいだった頃だ。

劇中で主人公の和希が彼氏の春山の名前を安全ピンで腕に彫るシーンがあるのだが、友達とそれを真似して好きな人の名前を手の甲に彫ったものだ。痛みをこらえながら名前をガリガリ彫って、油性ペンでその上をなぞって色を入れた。

痛いので軽くしか彫れず、数日で消えるかわいいものだったが、もしあのとき自分にもっと根性があって今でも手の甲に名前が刻まれていたらと思うと震え上がる。根性がなくて本当によかったと思う。

もうひとつ、劇中で和希がやっていて流行したことがある。消毒液のオキシドールを使って、髪の毛を脱色して茶髪にするのだ。茶髪にした和希はより儚げで、どこか退廃的でかっこよかった。

私も和希みたいに茶髪にしたい。オキシドールで髪を脱色したい。和希みたいに愁《うれ》いをおびた儚げ女子になりたかった。

もちろん校則で茶髪は禁止されている。私の母はルールに厳しいので猛反対されるのは火をみるより明らかだった。

その頃の私は、背中の真ん中まであるロングの髪の毛の、顔まわりのサイドの部分だけパーマをかけるという謎の髪型をしていた。全体にパーマをかけたら母が絶対に反対するので苦肉の策のサイドパーマだ。

サイドだけならドライヤーで伸ばすこともできるし、結んで中にしまってしまえば母からはわからない。私は自分から見える部分しか気にならないタイプなので、前から見てパーマヘアだったらそれでよかった。

しかし、茶髪はそうはいかない。メッシュに入れたってわかるし、私たちが髪を染めることに大人たちは敏感だった。

これはどうしたものか。

どうしたら母にばれず自然に髪を茶髪に染めることができるのか。私は考えた。

そして思いついたのだ！

「そうだ、ママのことも茶髪にしちゃおう!!」

母が自然に茶髪になれば、私も同じ色じゃんということで乗り切れる。日焼けしたとか髪が傷んだとかいろいろ理由をつけて、同じ環境で生活する二人がどんどん茶髪になっていけばいいのだ。最高のアイデアだと思った。

そこで問題は、どうやって母の髪の毛を茶髪にするか。まさかブリーチをするわけにはいかない。一気に茶色くしたらばれてしまうので毎日毎日少しずつ、気づかない程度に茶色くなっていくのが理想だ。

オキシドールをスプレーボトルに入れて、毎日吹きかければ自然に茶色くなるんじゃないか。でもオキシドールという薬品はけっこう匂いがきつい。これをそのまま髪にかけたら、髪がくさくてたまらないから速攻ばれる。

そして私は、雑貨屋で買ってきたスプレーボトルにオキシドールの薬品を入れ、それを五倍の水で薄めるという自家製脱色剤を作った。

しかしそれでも匂いはかすかに残っていた。なんだかすっぱいようなすえた匂いがかすかにするのだ。「水が腐ってるのかな？」と疑ってもおかしくない匂いだ。

これは使えない。もっといい匂いのするものが必要だ。

そのとき、私たちの間ではアグリーという甘い香りのトリートメントが流行っていた。

外国風の強い香りのアグリーを混ぜたら、すえた匂いは消えるんじゃないか。

そもそも薬品とトリートメントを混ぜていいものか一抹の不安はあったが、やってみるしかないと思い、オキシドールと五倍の水を入れたスプレーボトルに小さじ一杯のアグリーを加え、シャカシャカと思い切り振ってみた。

無色透明だった水はみるみると白濁色になり、スプレーした水は少しぬるっとしていて、すえた匂いはどこかにいき、甘いアグリーの優しい香りがする、なんだか髪にとっても良さそうな液体に早変わりした。

これだ！　これを「髪にいいトリートメントだからドライヤーの前につけるといいよ」と母に使わせよう！

そしてその日の夜から私と母のオキシドール攻防戦が始まった。

そもそも母は髪に何かをつけるのが好きじゃないので「そんなのやらなくていいよ」と言う。

私はすかさず母の髪を手に取り、「ここすごい枝毛になってるよ。このままいったらパーマもかからないほどぐちゃぐちゃの髪になるよ」と言った。六〇過ぎても白髪ひとつないきれいな黒髪が自慢の母は、その言葉には少し反応した。

「え？　そんな傷《いた》んでる？　傷んだことないのになんでだろう？」

「歳とったら誰だって傷むよ。まずは枝毛になってそこからどんどんひどくなって白髪にもなるんだよ」

枝毛なんて見たこともない母は、私が枝毛だと見せるその毛先を見て「よく見えないけどそうなんだ」と首をかしげていた。

もちろん枝毛なんてないのだから、見えるわけがないのだが。

私の言葉に不安を感じた母は「じゃあ使ってみようかな」とスプレーを手に取り、髪中に振りまいた。「これでいいの？」と聞いてきたので、「もっと梳《と》かしながらまんべんなくつけて」と指示した。

「いい匂いだね。なんかつるつるしたかも」とはしゃいでる母を見て、私はにやりと笑った。明日の朝が楽しみだ。


しかし次の日の朝、母の髪は真っ黒のままだった。

オキシドールが薄すぎたのか、やり方が間違っていたのか。その日はオキシドールの配合を少し増やして母に手渡した。

しかし、あくる日もそのあくる日も母の髪は黒いままだった。「最近髪の感じいいわよ」と母は喜んでいたけど、「私が求めてるのはそれじゃない！　子の心親知らずめ！」と思っていた。

私は髪を染めている人に、どうやったら茶色くなるのかを相談して回った。どうやらオキシドールをつけたあとにドライヤーで乾かすのがいいらしい。そしてアグリーは混ぜないほうがいいということだった。

母が茶色くならないと私も茶色くできないので、苛立《いらだ》った私は、自ら母の髪にオキシドールを振りかけることにした。

「今までのやり方は間違ってた。スプレーのあとにブローするとつやつやになるんだって。私がやってあげる」と言いながらまんべんなくオキシドールを振りかける。アグリーは入れず、まずは純正のオキシドールと水で茶色くして、そのあとに香りのいいヘアスプレーをすかさずたっぷりかけてごまかす計画を立てた。

純度の高いオキシドールスプレーは、正直とても臭かった。スプレーするたびにむせそうになるのをこらえながら、すこしずつ髪を取ってオキシドールスプレーをふりかけ、ブラシとドライヤーでブローして、いい匂いのスプレーをして、また少しずつ髪をとってオキシドールスプレーをふりかけてを繰り返した。

母も途中で「なんか変な匂いしない？」と言ってきたが「ドライヤーから変な匂いするわ」とごまかし、すかさずいい匂いのスプレーをたっぷりかけて「このスプレーめちゃくちゃいい匂いじゃない？」と言い、母は「本当ね〜」とのんきに笑ったので事なきを得た。

　さて、ドライヤーの効果はすごかった。

　みるみる髪が茶色くなっていく。母から見えない死角の中のほうの髪はまっ茶色になってしまった。

　興奮して叫びだしたい気持ちをおさえながら平静を装って、表面部分はほんのりほんのり少しずつ茶色くするようにオキシドールスプレーの量とブロー時間を調節した。

　母の髪が茶色くなってきたのでいよいよ私の番だ。

　夢にまで見た茶髪だったが、一気に茶色くならないように。母と同じくらいの茶色になるように抑えながら根気よくやっていこうと決めた。

　毎日毎日少しずつ、自分では変化がわからないくらいに茶色にしていって一週間くらい経ったとき、母から「あなたの髪茶色くない？　染めた？」と聞かれた。

「染めてないよ。夏だから日に焼けたんじゃない？」

　母は納得のいかない表情で「日焼けでそんななるかしら。染めてるんじゃないでしょうね？」と疑惑の目で私を見てきた。

　ここで、切り札のあのセリフだ!!

「日焼けだよ。ママも同じくらいの色じゃない？」

鏡の前で隣に並び、髪の毛の色を比べた。「たしかに、ママもなんか茶色いかも。でもあなたより黒いわよ」と言われ、内心焦った。茶髪にしたい私はセーブがきかず、たしかにちょっと長めにオキシドールブローをしてしまっていたので、母より髪がすこし茶色かった。

でもここで、私の最後の一手だ！

母の首元のまっ茶色な髪を引き出し、「ほら、ここなんてママのほうが全然茶色いじゃん。ママなんでこんな茶色いの？」と言い放った。

母は驚いて「本当ねー。なんか茶色いわね。傷んだのかな」と、まじまじと自分の茶色くなった髪の毛を見ていた。

「頭の皮膚の温度とかでも傷みやすさって変わるから場所によって茶色くなったりするのかね。トリートメントブローしてるけど、ブローがあまりよくなかったかも。ドライヤーが合わない髪なのかもね。ドライヤーで茶色くなっちゃったのかも」と言うと、母は「なるほどね〜」と納得していた。

私は「とりあえず今日からママのブローはやめてみよう。傷んだら嫌だし。私は寝ぐせすごいからブローするけど。これ以上茶色くなったら困るなぁ」と言いながら心で舌を出していた。

オキシドール攻防戦、これにて完結。

私の圧勝だ。

母はトリートメントやブローをすると髪が茶色くなるというでたらめを信じ、今後私の髪が茶色くなっても、咎《とが》めることはないだろう。

免罪符を手に入れた私は、それからもたまにオキシドールブローをして好みの茶髪のロングヘアーで中学生活を送った。

そのうち学校で噂になり、生活指導の先生にめちゃくちゃ怒られて髪を黒くする約束をさせられ、家で「なんか髪茶色くなっちゃって傷んできてる気がするから黒く染めてみるわ」と母に言って一人さみしく黒の髪染めをしたのは攻防戦から半年後のことだった。

「日焼けでブローしたら傷んで茶色くなっちゃったんです」と生活指導の先生に訴えたのだか「そんなのどっちでもいいからとにかく黒くしてこい」と言われてしまった。生活指導のプロを相手に小細工はきかなかった。

私の夢の茶髪生活はわずか半年で幕を閉じた。けれど、母とのオキシドール攻防戦は、今でも忘れられない笑える思い出だ。

# 脱・巨乳

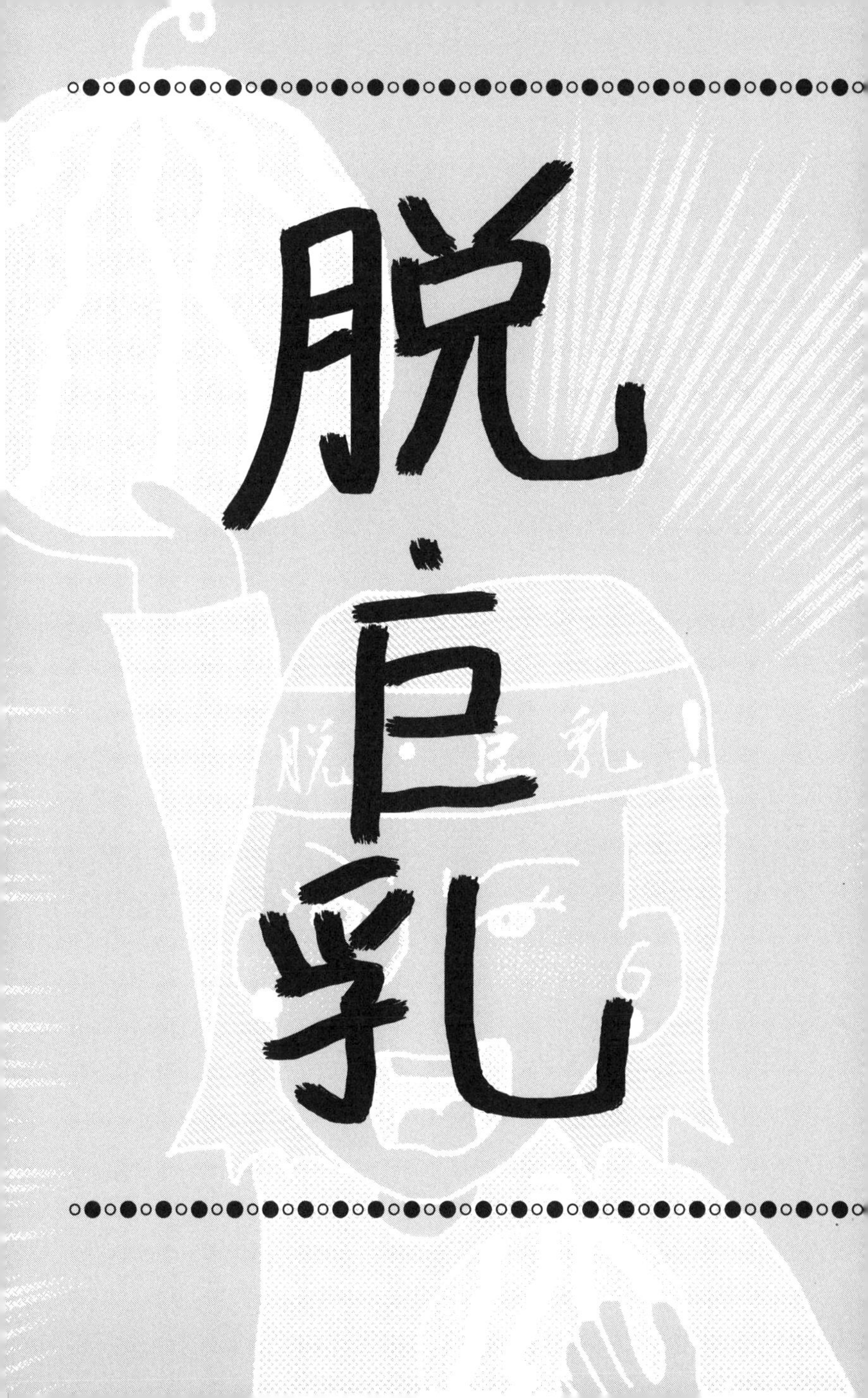

「胸が大きいのが悩みだ」と言うと、ほぼ一〇〇パーセントの確率で「贅沢な悩みだ」と言われた。最近では「胸を小さく見せるブラ」なんて商品が売れているので、少し時代は変わったのかもしれない。

でも私が若い頃は、かとうれいこや細川ふみえのようないわゆる巨乳タレントがもてはやされていた時代で、「胸が大きい＝いいこと」という価値観が世間一般の大きな割合を占めていた。

私は小学生の頃から胸が大きかった。

小さい頃はみんな同じくらいあるものだと思っていて、自分が人より胸が大きいと気づいたのは小学校高学年の頃、近所のおばさんに浴衣を着せてもらうときに服を脱ぎ、「胸がすごく大きいね。これはタオル入れないとダメだね」と言われたときだった。

私は人より胸が大きいのかと自覚したのだが、それに対して嬉しい感情も嫌な感情もなかった。少し大きめなんだなと思っていたくらいだった。

中学に入ると、私の胸はどんどん大きくなり、バストサイズは九三センチになった。とにかくブラジャーのサイズがない。友達がしているかわいいブラジャーなんかにはもちろんサイズがなく、スポーツブラもキツかった。

私は肩幅がせまいのでアンダーバストは六三センチ、トップとの差は三〇センチ。全体的にボリュームがあるというよりは正面に突き出ているような胸で、当時はそんな胸に合うブラジャーは市販では売っていなかった。合うブラジャーは見つけられず、泣く泣くきついスポーツブラをして毎日苦しい思いをしていた。


中学三年の頃、そんな私の悩みを知った母がどこかのバザーで『あなたの下着選びはまちがっている』というピンクの表紙の本を買ってきた。それは新宿の布論亭という下着の店のオーナーが書いた本だった。

「サイズの合っていない小さいブラジャーをすると胸の脂肪がどんどんはみ出て背中や腕の脂肪になってしまう」という内容に驚愕《きょうがく》した。私は、体形は細身なのにそのわりに背中や腕に脂肪がついていた。合っていないブラジャーをしていたせいだったのかと思った。

その布論亭という店では海外の大きいサイズのブラジャーのアンダーをお直しして、合うサイズを作ってくれるということだった。すぐに予約をして母と一緒にブラジャーを見に行った。

布論亭にはたくさんのブラジャーがあったが、どれも一ミリもかわいくない肌色のフルカップブラジャーで、ブラ紐も普通のブラジャーの三倍くらいぶっとく、後ろのホックは四つもあり、何も魅かれるところがなくて私は泣きたくなった。

でも私に合うブラジャーはそれしかないのだ。しかもそのブラジャーは値段も高く、お直し代を入れると三万円くらいした。今では大きいサイズのかわいいブラジャーも売られているが、その頃は本当に選択肢がなかった。

背に腹は替えられない。これ以上背中や腕に脂肪が流れるのは嫌だったので、仕方なく二つだけ買って一日ごとに手洗いをして使うことになった。

私が「胸が大きいのって嫌だな」と最初に感じたのは、このブラジャー問題だった。カラフルで紐が細いかわいいブラジャーをしている友達を見ると羨ましくて仕方なかった。毎晩お風呂でかわいくないブラジャーを手洗いするたびに憂鬱な気分になった。

しかし紐のぶっといそのブラは、スポーツブラとは全然違った。

授業中は重い胸を机の上に乗せて授業を聞くのが癖だった私はよく男子にからかわれたのだが、そのブラジャーをするようになってからは背筋を真っすぐに伸ばしても多少は楽だった。何度見てもかわいくはなかったが、実用性はあったのが救いだった。

高校に入ると成長期の食べすぎか、体重がどんどん増えて、それと同時に胸ももっと大きくなった。その頃は太っていたのでアンダーバストは七〇センチくらいになっていたが、バストサイズも一〇〇センチくらいに増えていたのでやはり市販でサイズが合うブラジャーはなかった。

だんだんファッションに興味を持ち始め、また胸が大きいことへの新たな問題が生じた。「服が似合わない」ということだ。胸に高さがあるので、ゆったりした服を着ると身体と服の間に空間ができて土管のようになってしまう。

ただでさえ太っているのに、一段と太って見えた。肩幅がせまいので全体的には華奢《きゃしゃ》に見えるタイプで着痩せするし、胸さえなければ太っていることはばれなかったはずなのだが、胸の大きさで台無しだった。

当時は「チビT」といわれる身体にフィットする小さいTシャツが流行っていた。私がそれを着るとTシャツ生地のほとんどを胸が占めるような感じになり、とても変だった。

ゆったりした服を着てもぴったりした服を着ても似合わなかった私は、少しでも痩せて見えてかわいいデザインのぴったりした服を着ることにした。

それでまた新たな問題が生じた。「胸を強調する服を着ている」とまわりに言われることだ。

私は胸が大きいのが嫌で嫌でたまらなかったのだが、胸を隠そうとすると太って見えるし、少しでも細く見せようとぴったりした服を着ると強調しているように見える。それがつらいと言うと「贅沢な悩みだ」と言われる。誰にも分かってもらえない悩みでつらかった。

合コンに行くと必ず「何カップ？」と聞かれた。「触ってもいい？」と聞いてくる人すらかなりいた。大きい胸を強調する服を着ている私には、何を言ってもいいと言わんばかりだ。

最初は不快感を持っていた私も、あまりに毎回言われるので「こんな服を着ている私が悪い。言われてもしょうがない」と考えるようになり、言われることにも慣れてしまった。

別にそんなに露出度の高い服を着ていたわけではない。普通の体型の人が着ていたらいやらしくもなんともない服だ。Tシャツを着ても胸の部分がピンと張ってしまうのは避けられなかったし、シャツを着ていても胸のボタンの隙間が空いてしまう。

だからってなんで私が人目を気にして土管のように太って見える服を着なきゃいけないのか。まわりの目を気にして自分のファッションを変えるなんて、絶対にしたくなかった。

だから私は身体にフィットした服を着続け、「強調してる」と言われ「触らせて」

と言われ続けることを甘んじて受けた。

しばらくすると本当に感覚が麻痺してしまって、自分の胸は性的な対象のものではなく、人に「ちょっとその珍しいやつ触らせて」と言われるイボのような感覚になった。

そりゃあ、こんな珍しい異質な物にお目にかかったら触りたくなるのも無理はない。そう考え始めてからはなんの躊躇《ちゅうちょ》もなく「いいよ」と言うことにした。

ただ、合コン相手や友達ならまだいいのだが、まったく知らない通りすがりの他人から「胸が大きいね」「ちょっと触らせてよ」と声をかけられるのは嫌だった。彼らは決まって数人でクスクス笑いながら近づいてくるのだ。

私が無視して歩くと後ろから「ホルスタインー」「そんな胸してんだから触らせろよ」と攻撃的な言葉を投げられて恐かった。

女性から言われることもあった。女性からは「胸がでかいからって調子に乗るな！」と叫ばれたり、「胸が歩いてるみたいで気持ち悪いんだよ！」と罵声《ばせい》を浴びせられた。

連れの男性が私の胸に釘付けになるのが気に入らないのかもしれない。私の胸を見たとか見ないとかで喧嘩《けんか》になっているカップルも何度も見た。プールなんかに行くと必ずと言っていいほどその光景を見た。

私はそのたびに「こんなのイボなのになぁ」と心の中で思っていた。

高校でそんな体験ばかりしていたので、卒業する頃にはすっかり慣れて、もう何を言われても何も思わなくなった。

ただ、身体的なつらさは常にあった。信じられないくらい重いのだ。ぶっといブラ紐でどんなに引っ張っても、重すぎて重すぎて肩が切れそうなのだ。そして歩くたびに大きな胸が揺れ、肩や胸そのものが痛くなる。

学生時代のマラソン大会は悲惨だった。三万円のブラジャーを二個着けして挑んだが、走るときの胸にくる衝撃に耐えられず、痛くて痛くてたまらなかった。揺れるたびに何かがブチブチ切れているような感覚だ。あまりの痛みに両手で胸を支えて走ると、またそれが「あいつは胸を持って走っている」と噂になった。みんなも手で支えずにこの重い胸をつけて走ってみてほしいと思った。どれだけ痛いか、私にしかわからないのがつらかった。

その身体的つらさはそれから何十年も私を苦しめた。眠るときも胸が重くて、どんな体勢でも苦しかった。肩こりはいつでも半端なくて、マッサージに通ってもすぐにまた痛くなった。

私はいつでも「こんな胸捨てたい。ちぎりたい」と思っていた。

「胸が大きいとモテるでしょ」とか「彼氏が喜ぶでしょ」とよく言われることがあったが、私は一度もそんな体験をしていない。

「胸が大きいのが好き」という男性を好きになったことがないのだ。

嫌いというわけではない。私の一部でも褒めてくれることは嬉しいのだが、それを聞いた時点で恋愛対象から外れてしまう。

心のどこかで、クスクス笑いながら近づいてくる男性たちと重ねて嫌悪感を抱いてしまう部分もあるのかもしれない。

それは私の苦悩の日々で抱えてしまったトラウマなのだ。

なので私が好きになる人はみんな「俺は胸大きい女嫌い」「小胸が好き」という人だった。それは背の低い男性に「チビの男は嫌い」と身もフタもないことを言うのと一緒で、言ってはいけないことだと思うのだが。

なぜか「胸が大きい女は嫌い」と言うその人たちは少し誇らしそうで、まわりの女性も称賛の目で見ていた気がして、それを言うことは正義のような空気感だったように思う。

私はひそかに失恋することもあり悲しかったが、私が異形種なのだから仕方ないと思っていた。

そんな中で胸のことを関係なく私を好きになってくれる人もいて、私の彼氏はみんなそんな人だった。私は胸が大きくて申し訳ないという劣等感を少なからず抱えながら彼らと付き合っていた。

もちろん彼らは大して気にしていなかったのだろうが。彼らは私といるばかりに巨乳好きというレッテルを貼られることもあり、それも申し訳なかった。

彼氏から「なるべく隠して」と言われることも多く、彼氏がいるときはダボダボのかわいくない服を着てごまかしていた。今はゆったりした服が流行っているので、今の時代だったらだいぶ楽だったろうなと思う。

でも当時のダボダボの服はＨＩＰＨＯＰが好きなＢ－ＢＯＹと呼ばれる男性たちが着る服というイメージが強く、小柄な私には全然似合わなかった。

二〇代になると、ダイエットの効果もあってか私はどんどん痩せていった。一五八センチの身長で三九キロの体重になることもあった。

それでも胸は大きかったが、トップバストが八八センチくらいになり、ピーチ・ジョンなどの市販のブラジャーのアンダーバストを自分で縫って短くし、キツイながらもつけられるようになった。

手ごろな価格で上下セットのかわいいブラジャーをつけられるようになった私は嬉しくてたまらなくて、下着コレクターかというくらい下着を買った。その数は一〇〇セットを優に超え、下着用のクローゼットを買って収納し、毎日カラフルな下着を着け替えて楽しんでいた。

その頃のブラジャーが胸に合っていたかというと、正直、少し無理をしていたと思う。

カップの中に胸はおさまりきっていなかったし、Tシャツを着ると胸がカップからはみ出て二段になっているのがわかるくらいだった。プールでビキニなんかを着て激しく動くとすぐに乳輪がはみ出してしまう。

でも私は見られるのも慣れていて羞恥心《しゅうちしん》というものがどこかにいってしまっていたので、特に気にもしていなかった。「こんなに大きいんだから二段になってもたまにはみ出てもしょうがないでしょ」という感じで開き直っていた。

私は胸が大きいわりには垂れていなくて、二〇代の頃は「私は胸が垂れないタイプなんだな」と思っていた。

しかし三〇歳を越えた頃、だんだん重力に逆らえなくなり、もとから縦長に突き出ていた私の胸はどんどん下に下がっていった。胸が垂れていくのは見た目的には嫌だったが、前に突き出ていたのが下に向かっていき、ボリュームも減っていったので、大きさが目立たなくなるという利点があった。

「ロケットおっぱい」とよく言われていたのだが、だんだんロケットは下降していき、胸が大きいことがばれないようになっていった。昔からの友達にも「前より小さくなった」と言われるようになり、私は「脱・巨乳だ！」と喜んでいた。張りがなくなってきて縦に長いので収納するような感覚だったが、ピーチ・ジョンのブラジャーからも胸がはみ出なくなり、その頃は私にとって黄金期と呼べるくらい快適だった。

胸が垂れていることとなんてどうでもよかった。とにかく巨乳と呼ばれないで生きられることが嬉しかった。

しかし、そんな黄金期もわずか三年くらいで終わりを迎えた。

妊娠したのだ。

もう二度と巨大化しないと思っていた私の胸は小玉スイカのような大きさになり、まわりからは「おばけおっぱい」と言われた。

私は悪阻《つわり》がひどいタイプで出産の寸前まで吐いていたので体重もそんなに増えず、太りもしなかったのだが、とにかく胸だけはどんどん大きくなっていった。自分で見ても「グロい」と思うほど異質な物体が身体についていた。

家でも手で持っていないとつらくて、胸の下に板をつけて支えたいくらいだったので、よく枕をはさんでいた。シャンプーするときに前にかがむのが激痛で、旦那に持ってもらいながらシャンプーをした。

この話をすると、「旦那さん最高じゃん」と、どんな想像をしてるんだというようなことを言われたことがある。

現実は壮絶で、痛がる私の重い胸を旦那が片手の腕を伸ばして板のように支え、痛みに耐えられる数秒でシャンプーし、私と旦那の限界が来たらしばらく休んでまた洗い流すという、介護に近い作業だった。「最高じゃん」と言ってた人もこれを三日も経験すればうんざりしてもう二度とやりたくないと思うに違いない。

出勤で駅の階段を上るときも大きなお腹よりもとにかく胸の重さがつらくて、自分の両手で持って歩くしかなかった。

あるとき電車で、明らかに他に席がたくさんあるのに私の目の前に立ち、ずっと私を見下ろしている男性がいた。なるべく目を合わせないように二〇分ほど下を向いて、目的の駅についてすぐに降りたのだが、その男性が追ってきたのだ。

男性は私に向かって「コーヒー飲みませんか?」と言ってきた。まさかのナンパだった。

三五歳のお腹の大きい妊婦だ。赤ちゃんマークもついている。そんな妊婦をナンパする人がいるとは、言葉にできないほどの衝撃だった。

「すいません。いま時間ないです」と平謝りし、その場を立ち去った。

妊婦なので蹴られたりしたら恐いのでその男性に向かって薄ら笑いをすると、その男性は私と目も合わずにただひたすら私の胸を凝視していた。

言いしれぬ恐怖感と嫌悪感に襲われた。妊婦になってさえもこんな目に遭うのか。気持ち悪くて気持ち悪くてたまらなかった。

身体的つらさに加えて、これまでの人生で味わってきた不快感を思い出し、「もう嫌だ」と叫び出したい気分だった。

そのとき、私は一大決心をしたのだ。

「この大きな胸を取ろう」

# 乳房縮小術

「胸を取ろう」と決心したものの、出産して数年間は育児に追われていた。母乳はあげていない。

出産をすると女性の胸はパンパンに張るものだが、私の胸もこれでもかというくらいに張った。出産した直後の入院中、看護師さんも手伝ってくれてカチカチの小玉スイカを両手でほぐしてなんとか母乳を出そうとしたのだが、泣き叫んでしまうほど痛い。

そしてあまりの胸の重さに息ができない。横になっても息が苦しくて、喘息のようなヒューヒュー音の出る息遣いになってしまい、夜も苦しくて眠れなかった。担当医からは「母乳は諦めてもいいかもしれない」と提案された。

私が出産した病院は、もとから母乳育児を推奨している病院ではなかったこともあり、看護師さんからも「母乳育児でも完全ミルク育児でも赤ちゃんの免疫力に差はない」と言われ、完全ミルク育児の利点も説明された。それでも母乳をあげてみたかった私は何度かトライしてみたのだが、赤ちゃんの頭より大きいおっぱいを吸わせるのは至難のわざで、赤ちゃんが窒息しそうで恐かった。

出産からわずか二日で「母乳育児は諦める」という決断をして、母乳を止める注射を打ってもらった。カチカチだった胸は数時間でスーッと何かが抜けるように柔らかくなり、ずしんと重かった重量も少し軽くなり、喘息のような息遣いも直った。目の前で母乳をあげるママたちを見ていると羨ましく思うこともあったが、今考えても私にはあの選択しかなかったと思う。

出産が終わって胸が小さくなることを期待したが、私の胸は大きいままだった。他の部分は痩せていくのに胸だけはどうしても痩せない。「羨ましい」と言われることもあったが、私にとってはただただ絶望の日々だった。

垂れ始めていた胸は出産後にボリュームを保ったまま下垂《かすい》をして、前のように小さく見えることもなく、ただ大きい胸が下のほうにある洋ナシのような形になった。下に引っ張る力がより強くなって数年前より何倍も痛かった。

相変わらずシャンプーのときも胸が痛くて、立てるようになった息子に胸の下に入ってもらい、息子の頭に胸をのせながらシャンプーをした。

それから数年が経ち、息子が幼稚園に入って育児が落ち着いたころ、私は本格的に胸を取ることを考え始めた。それまでも胸を取る手術について調べたことはあったが、想像を絶するくらい痛そうな方法しかなく、恐くて無理だと思っていた。

しかしもうきっとこの胸が小さくなることはない。そして垂れ続けてどんどん重くなっていくだろう。

ペラペラの胸が垂れるのならばたたんでブラジャーに収納すればいいけれど、大きい胸が垂れたらどうなっちゃうんだろうと思った。そのうちおへそあたりに大きい胸があるのを想像したら、どんなに痛くても取るしかないと思った。


それから私は乳房縮小術をやっているいくつかの病院にカウンセリングを受けに行った。実際にカウンセリングを受けて写真などを見せてもらうと、手術法は思っていた以上に恐ろしいものだった。

私は重度の乳房肥大があるということで、脂肪吸引や乳輪のまわりだけ切って脂肪を取り除くような傷が小さい手術は適応せず、乳房の下半分をすべて切除する大手術が必要だった。私の胸を見た先生たちは口々に「これはつらかったね。日本人では珍しいレベルだ」と言ってくれて、私は初めて本当の意味で理解してもらえたと感じて嬉しかった。

手術方法は、乳首のまわりを円状に切り乳首を一度まわりの皮膚から剝離し、乳輪の中央から下を縦線で切り、乳房の下の半円の部分を切り、乳房の下半分の皮膚をべロンとめくりあげて中の脂肪や乳腺細胞を切除して余分な皮膚を切り、乳首を上に移

ロンドンオリンピックの２年後――
2014年にロンドンで実際に起きた
占拠事件をモデルとした
炸裂作！
やれるか、やるべきか、じゃない。
やるしかないときがある。
小説のモデルになった事件とは？
ロンドン・オリンピックの2年後、オリンピックパーク用地だったロンドン東部のホームレス・シェルターを追い出されたシングルマザーたち（FOCUS E15マザーズ）が、公営住宅占拠運動を起こした。彼女たちの運動はオリンピックに端を発する下町のジェントリフィケーションへの抵抗であり、反緊縮運動の象徴でもあった。さらに同運動は2014年のカーペンターズ公営住宅地の空き家占拠・解放活動へと繋がっていく――
エンパシーからリスペクトへ。
他者への、そして自らへの。
東京オリンピックから２年後の「日本」に解き放つ
ブレイディみかこ
本領発揮の傑作小説、誕生！！
『リスペクト』
R·E·S·P·E·C·T
PR誌「ちくま」から待望の書籍化！
イラスト・NAKAKI PANTZ
ISBN:978-4-480-81573-6 定価1595円（10%税込） ※電子書籍も配信中 試し読みはこちら▶
筑摩書房
筑摩書房営業部 〒111-8755 東京都台東区蔵前2-5-3 ☎03-5687-2680
https://www.chikumashobo.co.jp/

9月の新刊 ●11日発売 ちくま学芸文庫

## 新編 民藝四十年

柳宗悦

最良の民藝の入門書『民藝四十年』に、柳が構想していた改訂案を反映させ、十五本の論考を増補。この一冊で民藝と柳の思想の全てがわかる。（松井健）

51205-5 2090円

## 増補改訂 境界の美術史

北澤憲昭 ■「美術」形成史ノート

国家、制度、性、ジャンル、主体……。外在的な近代化から内在的なモダニズムへ。日本における「美術」概念の成立に迫った画期的論集。（中嶋泉）

51198-0 1870円

## テクノコードの誕生

■コミュニケーション学序説

ヴィレム・フルッサー 村上淳一 訳

テクノ画像が氾濫する現代、コミュニケーションのコードを人間へと取り戻すにはどうすれば良いか。メディア論の巨人による思考体系。（石田英敬）

51206-2 1650円

## 中国の城郭都市

愛宕元 ■殷周から明清まで

邯鄲古城、長安城、洛陽城、大都城など、中国の城郭都市の構造とその機能の変遷を、史料・考古資料をもとに紹介する類のない入門書。（角道亮介）

51208-6 1320円

Math & Science

## 初等整数論

遠山啓

整数論には数学教育の柱となる「構造」や「帰納と演繹」といった基本的な考え方が示されている。「楽しさ」を第一に考えた入門書。（黒川信重）

51207-9 1540円

6桁の数字はISBNコードです。頭に978-4-480をつけてご利用下さい。
内容紹介の末尾のカッコ内は解説者です。

9月の新刊 ●7日発売

# ちくま新書

1746
## 古代史講義【海外交流篇】
佐藤信 編（東京大学名誉教授）

邪馬台国・倭の五王時代から、平安時代の鴻臚館交易まで、対外交流のなかから日本という国が立ち現れてくる様を、最新の研究状況を紹介しながら明らかにする。

07581-9
1034円

1747
## 大還暦
▼人生に年齢の「壁」はない
島田裕巳（宗教学者、作家）

これが、日本版「LIFE SHIFT」だ！ 人生120年時代、もはや今までの生き方は通用しない。最期まで充実して楽しく過ごすヒントを、提案する。

07579-6
968円

1748
## エネルギー危機の深層
▼ロシア・ウクライナ戦争と石油ガス資源の未来
原田大輔（JOGMEC調査部調査課長）

今世紀最大の危機はなぜ起きたか。ウクライナ侵攻と一連の制裁の背景をエネルギーの視点から徹底的に読み解き、混迷深まる石油ガス資源の最新情勢を解きほぐす。

07580-2
1012円

1749
## 現代フランス哲学
渡名喜庸哲（立教大学文学部教授）

構造主義から政治、宗教、ジェンダー、科学技術、エコロジーまで。フーコー、ドゥルーズ、デリダに続く、変容する時代を鋭くとらえる強靭な思想の流れを一望する。

07574-1
1210円

1750
## ガンディーの真実
▼非暴力思想とは何か
間永次郎（滋賀県立大学人間文化学部講師）

贅沢な食、搾取によってつくられた服、宗教対立、そして植民地支配。西洋文明が生み出すあらゆる暴力に抗う思想・実践としての「非暴力」に迫る。

07578-9
1034円

1751
## 問いを問う
▼哲学入門講義
入不二基義（青山学院大学教育人間科学部教授）

哲学とは、問いの意味そのものを問いなおし、自ら視点の転換をくり返す思考の技法だ。四つの根本的問題を素材に、自分の頭で深く、粘り強く考えるやり方を示す。

07573-4
1210円

6桁の数字はISBNコードです。頭に978-4-480をつけてご利用下さい。

動して縫い合わせるというものだった。

言葉で聞いてもあまりよくわからないが、胸の下半分を全部切り取って丸い形に再形成してその上に乳首をのせるようなイメージだ。

術中写真は胸の下半分に血まみれの肉があらわになっていて、目を背けたくなるほどエグかった。人間は肉の塊なんだなぁと思った。

もちろん大きな傷ができる。胸の中央に大きな縦線が入るし、胸下部分の半円は全部傷になるようなもんだ。すごい大手術だ。

正直、私は傷のことは特に気にならなかった。もちろんないに越したことはないが、どうせ洋服で隠れる部分だし、それで胸が小さくなるならなんてことない。

しかし乳首を取るとはどういうことか。

恐すぎるじゃないか。乳首が壊死する可能性もゼロではないというし、そのまま乳首がなくなったらどうしようと不安もよぎる。

でも、考えてみた。「もう母乳をあげることもないだろうし、私、乳首必要かな？最悪なくなっても困らないものじゃないかな？　これからまた一生巨乳として苦しんで生きるくらいなら乳首がなくなる方がましなんじゃないかな？」と。

もちろんこれは個人差があると思う。でも大きい胸に悩まされ続けてきた私にとっては、それくらいの死活問題だったのだ。

そう思ってからの決断は早かった。傷は残ってもいい。最悪乳首がなくなってもいい。よし、そこまで思えるなら手術をしようと決めた。

旦那も家族も私の苦しみを知っていたのでみんな賛成してくれた。あとは病院を決めるだけだった。

そんなに大手術なのに局所麻酔でやる病院や、日帰りで入院なしの病院もあった。とにかくアフターケアがしっかりしている病院、そして乳房縮小術の経験が多い医師、のふたつの条件をクリアするところは、当時はひとつしかなかった。

インターネットで探し当てたその大学病院の医師はアメリカで乳房縮小術を何百件も経験したという医師だった。

手術は全身麻酔で行われ、術後は一週間入院してアフターケアをしっかりしてくれる。何より設備の整った大学病院ということで安心できた。

カウンセリングでは多くの症例写真を見せてくれて、ことこまかに術法を説明してくれた。アメリカでは乳房縮小術をする人は毎日のようにいたという。

見せてくれた症例写真は、お世辞にも美しいとは言えない大きな傷のある胸だったが、それがかえって私の覚悟を固めた。最初からこんな傷ができるとわかっていればキレイに治るという期待もない。見た目の回復に期待をする手術ではないのだ。

しかし、当たり前といえば当たり前だが、みんな確実に胸が小さくなっていた。私もこうなれるのかもしれないと思うと胸が躍った。長年の苦しみから解放される奇跡の日が来るのだ。決断して動き出した自分に拍手を送りたい気分だった。

その医師は一年後に定年を迎えるということで、アフターケアも考えたら早々に手術をしなければいけない。定年後も個人医院で定期検診をしてくれるということだったが、なるべく大学病院にいる間に済ませたいと思い、すぐに手術の予約を取った。

カウンセリングから一カ月もしないうちに手術の日がやってきた。前日から入院して次の日に手術。手術から六日後に退院というスケジュールだった。

前日は血液検査をしたり、デザインのマーキングをしたりしてゆっくりと過ごした。

マーキングはすごく面白かった。まず鎖骨の中心から二等辺三角形を書いて、新しい乳首の位置を決めるのだ。そこが本来の位置らしい。私の乳首はそれよりだいぶ下にあった。

乳首の位置が決まったらそのまわりに乳輪の円を書き、そこから胸の半分くらいの位置まで斜めに二本線を引いた。胸の上にボーリングのピンのような絵が書かれて、斜線が引かれた。

そのピンの中の肉をすべて切除するという。がっつり乳首も入っている。本当に乳首を取るんだなぁと実感すると少し恐くなったが、マーキングされてる自分の胸が面白すぎてそれどころではなかった。その日はマーキングしたまま就寝し、次の日にそのマーキングに沿って手術をする。

夕方友達がお見舞いに来たので胸のマーキングを見せると、大爆笑していた。「乳首上すぎない？」と言っていたけれど、正確な二等辺三角形だ。上すぎるわけがない。友達と二人、爆笑しながら入院ベッドのカーテンの中でいろんなアングルから何枚も写真を撮った。隣のベッドの人もまさかカーテンの向こうで胸の写真を撮りまくっているとは思わなかっただろう。今日でこの胸ともおさらばだ。二〇年来のおっぱいにお別れを告げて眠りについた。

次の日は簡単な検診があったのだが、担当医とともに若い女性の医師が一緒に来た。「このマーキングのここを切るから」とその女性医師に教えていて、「え……まさかこの女性がやるの？　経験なさそうだけど？」と不安になった。

私の不安を読み取った担当医は「右側は彼女が縫うから。ちゃんと見てるから大丈夫だよ」と私に言った。

え……嫌だ……アメリカ帰りの経験豊富な先生がやってくれると思っていたのに寝耳に水だ。でも女性医師は熱心に私の胸を持ち上げてマーキングを確認している。

終わった……と思った。大学病院とはそういうところだ。医師の勉強の場でもあるのだ。日本で数少ない乳房縮小術をするのだから勉強のチャンスに違いない。

私は諦めて運命に身を委《ゆだ》ねるしかないと思った。

よく見るとその女性はキレイに化粧をしていて、きっと繊細なセンスを持っているに違いない。きっと上手だ。そう思って彼女の腕がいいことを心の底から願った。

手術室に入ると、そこには一〇人くらいの男女の若い医師たちがいた。私の手術を見学するのだろう。TVドラマなんかでは手術室の上のガラス張りの部屋から見学しているイメージだったが、かなり間近で囲まれ、その中で点滴に麻酔を入れられた。

朦朧《もうろう》とする意識の中で、「きっと私の手術は日本の乳房縮小術の発展の礎になるんだ。私の巨乳人生にも意味があったんだ」なんてことを考えながら意識を失った。


目が覚めるともう夕方で、私は病室のベッドの上にいた。

何がなんだかわからなくてはっと自分の胸を見ると、包帯ぐるぐる巻きになっていて、小さくなっているのかはわからなかった。

旦那と息子と私の友達がお見舞いに来てくれていた。目が覚めたときの私は、動けはしなかったが、意識ははっきりしていて、痛みもなく、「なんだこんな感じなんだ。もう終わったんだ」と思っていた。

それからが地獄の始まりだった。

だんだん麻酔が切れてきて、胸のあたりがゴウゴウ燃えてるようで火事のように熱い。言葉が出せないくらいの痛みだった。

看護師さんがナースコールとは別に謎のボタンを渡してくれて、「痛みに耐えられなくなったらこれを押してください」と言い残して去っていった。海外ドラマで見るやつだ。このボタンを押すと自動で麻酔が追加される仕組みになっているやつだ。

限界まで我慢しようと思って、痛みを紛らわすために息子や友達とカタコトで話した。痛みで普通に話すのが難しかった。息子は「ママこれお守りだよ。頑張ってね」と言っておもちゃのネックレスを私の手に握らせた。

しばらくすると痛みが限界に達し、禁断のボタンを一度押してみた。

なんとも言えない不快感が身体中をかけめぐり、胃酸が逆流して何度も吐きそうになった。頭の中がぐるぐるして何かを押し出そうとする。

身体中に虫が這う感覚がしたが、そんなこと気にならないくらい脳から胸から胃から、何か悪いものを押し出して口に到達してきた気がした。でも吐くことができず、ただひたすらえずいていた。

しばらくするとふっと身体が軽くなり、一瞬楽になる。楽になると話す元気が出て友達に「これヤバイ……ヤバイ薬……」と口から言葉をひねり出した。

楽になった次はなんか全身がムカムカソワソワして暴れ出したいような衝動が来て、

私は息子からもらったお守りのネックレスを左手でぎゅっと握り、右手でそれを何度もしごいた。何か感覚がないと気持ち悪さに埋もれて溺れてしまう、そんな状態だった。

それを見ていた息子と旦那は「なんか大変そうだから帰るわ。あとはよろしく。頑張ってねー」と友達に軽く言い残して帰っていった。

「待って、行かないで」叫んだけど声にはならなかった。

友達は一人付き添いに残ってくれた。「大丈夫だよ。明日には治るからね」ともがいている私にずっと話しかけてくれた。

持つべきものは冷たい旦那ではなく優しい友達だ。友達って素晴らしい。友達最高。友達がいればいい……と心のなかで何度もつぶやいた。

そんなこんなのうちにまた胸の当たりが燃え出した。痛い、熱い、死ぬ！　耐えられない、耐えられない！

どうしても耐えられなくなった私はまたボタンを押した。

押した途端にまた全部の何かわからない逆流が始まり、また何度も何度もえずき、頭がぐるぐるして恐ろしい世界に入ってしまう恐怖が襲ってきて、もう二度とボタンを押さないと心に決めた。

また一瞬楽になると、ろれつのまわらない口で友達と話し、ネックレスを握りしめながらしごき、今度はさっきよりも早くまた胸の激痛に襲われ、耐えられなくなってもう二度と押さないと決めたボタンを押して、また気持ち悪さが襲ってきての繰り返しだった。

行くも地獄、行かぬも地獄とはこのことだ。どっちを選んでもつらい無間地獄だった。逃げたい……どうにかなりたい。意識をなくしたい。痛くて苦しくて身体中がうずいて暴れ出したかった。

でもまったく動けないので見た目はごく静かだったのだ。私の中だけで起きている地獄。戦いは孤独だった。

消灯の時間を優に過ぎ、深夜二時頃になって、さすがに帰ってくださいと友達が看護師さんに言われた。何度か無視してそのままいてくれたのだが、三回目に言われたときに「もう大丈夫だから帰って」と蚊の鳴くような声で友達に伝えた。友達は心配そうだったがさすがに帰ることにした。こっそり持ち込んでいた入眠剤を私の口にいれてと最後のお願いをした。

友達は「これ飲んで大丈夫なの？」と心配していたが、それを飲めないなら死ぬくらいの気持ちだったので懇願して入れてもらった。とにかく麻酔のボタンを押したくなかったので、眠りたかった。

友達が帰ったあとも私の苦しみは続いたが、入眠剤のせいか少し頭がぼーっとして、痛みが薄らいだ気がした。それでも痛いので眠れはしなかったが、麻酔のボタンは押さずになんとか朝まで痛みと戦いながらネックレスを握りしめて持ちこたえた。

朝日が昇ってきた頃、私は知らないうちに眠りについていた。

目が覚めると昼になっていて、昨日の痛みは明らかに一段軽くなっていた。私の手にはしっかりネックレスが握りしめてあり、そのままかたまってしまったようで、グーの手を開くのが大変で、昨夜の苦しみがどれほどのものだったかを物語っていた。

しかしゴウゴウ燃えていた胸は、ズキズキする痛みくらいまでは収まっていて、立ち上がることもできた。一日でこんなに変わるなんてすごいと思って感動した。

担当医と女性医師が検診に来て、私のぐるぐるの包帯をハサミで切ると、中から血まみれでテープまみれのおっぱいが現れた。小さくなったような気もしたが、まだわからなかった。

担当医は「取れる箇所は全部切除しました。これが限界です」と言った。

胸の上のほうは普通に大きかったので先生に聞くと「下部分しか取れないから。全体的にすごく大きかったのでここは残るよ」と説明してくれた。かなりの小胸になれると想像していたので少し残念だった。

しかし、鏡の前で横を向いてみると、明らかにとんがっていた部分がなくなって丸い胸になっていて感動した。

その日の夜、鏡でいろんな角度から自分の胸を見た。

早く血まみれがなくなった胸を見てみたい。ティッシュを水で濡らし、テープの隙間からのぞいてる肌の部分の血をこまかく拭いた。テープに血が染み込んでいるので全体像はわからないが、少しだけ血まみれの物体からおっぱいに見えてきた。

しかし、昨日は痛みでわからなかったけれど、テープの部分がめちゃくちゃ痒《かゆ》くてたまらない。傷があるからなのか、昨日お風呂に入っていないからなのか。とにかく痒いので拭きまくっていたらテープが剝がれて、胸を縫っている糸が現れた。

どうやらこの糸が肌を引っ張っているから痒いらしい。糸の部分を爪でひっかくと、黒い糸がポロッと取れた。

「え、取れる!」とびっくりして、私は調子に乗ってどんどんテープを剝がし、糸を取った。糸を取ると痒みがなくなる感じがして気持ちよかった。取れる場所の糸を全部取って、ちょっとスッキリしてその日は眠りについた。

次の日検診に来た担当医にめちゃくちゃ怒られた。「なんで糸取ったの? 傷口開いちゃってるよ!」と言われ、私は勝手に抜糸をしてしまったことを知った。

すぐに縫い直すことはできないから、しばらくテープで補強して傷が落ち着いたらまた縫おうと言われて、また手術するのか……と落ち込んだ。自業自得なのだが。

それから小さいテープを傷口が開いているところに傷と傷をくっつけるように垂直に、何十枚も貼り、その上からまた大きいビニールテープのようなものでグルグルに巻かれた。もう触ることはできなかった。

それから日を追うごとにどんどん痛みは軽くなり、三日後くらいには違和感なく普通の生活ができるようになった。たまにかがんだりして刺激があると痛いくらいだ。前とは全然違う。

普通に歩けるようになった私はお見舞いに来てくれた友達と休憩ルームに行ったり、部屋で本を読んだりしてゆっくり過ごした。楽しみはご飯だけだったが、その病院の食事はけっこう豪華で美味しかった。

退院の日にすべてのテープが取り除かれると、血まみれだと思っていたのはテープの血で、胸はすっかり肌色だったが、なんだか質感がつるっとしていて人形のような肌だった。傷は特殊メイクのように深くて少し広がったかさぶたのような傷だったが、「これは抜糸しちゃったから本来より太くなってるよ」と言われてしゅんとした。

これが自分のおっぱいかと、手術後初めて実感したのはそのときだった。

私の胸は変貌を遂げた。小胸とまではいかないけど、とんがった異物ではない、普通の人の胸の形になっていた。

夢にまで見た普通のおっぱい、傷だらけだろうがなんだろうが私は大満足だった。

退院して家に帰ると、すぐに息子とお風呂に入った。エグいかさぶたがついている私の胸を恐がるかと思いきや、息子はまったく気にしてなかった。旦那は「おーエグいね」と言っていたけれど心配する様子もなく、家族は普通に受け入れてくれた。ただ一人父だけは傷を写真で見せただけなのに「あー気持ち悪い」「近寄らないで」「化け物」と私から逃げ回っていた。父は傷や血が大の苦手なのだ。嫌がる父が面白かったのでずっと追いかけた。

次の日からは息子を自転車で幼稚園に送れるほど普通の生活に戻れた。

息子が幼稚園でいろんな先生に「ママおっぱい取ったんだよー」というのが困ったが、まあ誰も聞いてもこないし堂々としていた。

それから何カ月か過ぎ、傷も落ち着いてかさぶたが取れて薄いケロイドのようになった。ケロイドを治すテープを貼るのを勧められたが面倒くさくてやらなかった。

私は、大満足だった。人生初めてのノーブラでいてもつらくない。シャンプーしても小走りしても痛くない。本当の黄金期がやってきたのだ。

思い出すと二度とやりたくないと思うつらさだったけど、手術をしてよかった。傷だらけのおっぱいだけど、人生が変わって、生活の質が上がったのだ。本当にやってよかったと毎日心から思った。

胸を手術してからは友達に完成版を披露することが多くなった。一度「本当に悩んでたんだ？」と友達に言われて衝撃だった。仲の良い友達にもこんなに理解されていなかったんだと知り、胸が大きい悩みはそれほど理解の難しい悩みなんだなと思った。友達に胸を見せるたびに「乳首上すぎない？」という台詞《せりふ》が返ってくる。「二等辺三角形なのに？」と私は思っていたが、たしかに自分で見ても乳首の位置が高い気がした。いわゆるブラトップといわれる、乳首があるだろうところの少し上に乳首がついてるのだ。

ブラジャーをつけてみると乳輪の上のほうがはみ出す。「あれ？　おかしいな？」と思いつつも心のどこかではわかっていた。

「先生、乳首上すぎたよ……」

明らかにここにあるべきってところの二センチ上くらいに乳首がある。

友達はみんな大爆笑だ。私も大爆笑だ。

傷が残るのはわかってたけど、乳首上すぎるのは聞いてないよ。

でもまあいい。こんなオチがあるのも私らしい。

巨乳から脱出して、人から見られず、シャンプーも小走りもできてたまにノーブラで一日を過ごせる。それだけで十分だ。

煩わしい人間関係を
頑張ると
面白いことが
起こる

「煩《わずら》わしい人間関係を頑張ると面白いことが起こる」

先日、父と一緒にれんが屋で子育ての座談会をしたときに父が言った一言だ。それを聞いて驚いた。私もまさにまったく同じことを日々感じていたからだ。

いつもたくさんの友人たちと楽しんでいる私を見ると信じてもらえないことも多いのだが、私は本来とても人見知りだ。


自分に子どもができたとわかったときにまず思ったのは、喜びよりもなによりも「ママ友とか無理」だった。

私は今までの人生で新しい世界に一人で行くということがほぼなかった。小学校から友達と一緒に中学にあがり中学で友達が増え、またその友達と同じ高校に行って友達が増えて、仕事も全部友達と一緒にやったので、新しい友達を作るときには必ず昔からの友人の助けがあった。

唯一の例外は専門学校だった。初めて一人で飛び込んだ新しい世界ではクラスメイトと会話をすることもままならず、結局一人も女友達を作れないままつまらなくなって退学した。クラスメイトからの私のイメージは「やたら派手な格好をした暗い女」という感じだったただろう。唯一話しかけてくれて連絡先を交換した男の子からは、「みんな話してみたいけど少し恐いって言ってるよ」と言われた。

自分から頑張ってガードを開けばよかったのだろうが、自分のコミュニケーション能力にも不安があった。

なんでもすぐに忘れてしまうし何度も同じ話をしてしまう。自分がハートが強いので人が何を言われたら傷つくのかがあまりわからず、デリカシーのないことを言ってしまう。「ちょっと変わってるけどいい子だよ」とフォローしてくれる友人がいないと、良好な人間関係を作れる自信がなかった。

いつもぬるま湯の人間関係の中で生きてきた私にとって、「ママ友」とは煩わしい人間関係の最たるもので、絶対に自分には無理だと思っていた。努力するのが大嫌いな私は早々に「ママ友を一人も作らず育児をしよう」という決断をしたのだ。

そして息子が生まれ、ママ友を作りたくない私は母親学級にも行かず、出産も個室、区の子どもの遊び場にも一切行かず、近所の公園にはみんなが帰る夕方に行った。

では孤独な育児だったのかといえばそんなことはまったくない。

私の家には変わらず昔からの友人が連日集まっていて、みんなで育児を手伝ってくれた。息子が四歳くらいのときはワンルームのような狭い部屋に旦那と別居中の友達が二年ほど居候状態だった。毎日ワチャワチャ楽しくみんなで育児をしていたのだ。

そんな毎日だったので、息子の幼稚園時代には一人もママ友ができなかった。幼稚園のお迎えがあるので他のママたちと遭遇することはあったが、会話をすることもなければ名前も知らない。お迎えの順番に並ぶあいだ、他のママたちが話をしているのを横目に、ひたすらスマホを見て時が過ぎるのを待った。

そこでも私は「やたら派手な格好をした暗い女」だったのだ。幸い息子が通っていた幼稚園は親参加の行事がほとんどなく（そういうところを選んだのだが）、他のママたちとの交流がなくても孤立や不便を感じることはなかった。

そして息子は幼稚園を卒業し、地元の公立小学校に進学した。そこで私は、今までの自分の無努力の結果を思い知ることになる。

初めてクラスの母親たちが一堂に会したのは学期初めのＰＴＡの役員決めの保護者会だった。右も左もわからない、知り合いもほぼいない私は保護者会に行くのが嫌で嫌で仕方なく、吐きそうになりながら行った記憶がある。出席番号順に並べられた子どもの椅子に座り、明らかに仲の良さそうなママたちが盛り上がるなか、ひたすら孤独を感じていた。

毎月一度ある公開授業、年一回の運動会や学芸会、これから六年間何度もここに集まるのだと思うと気が遠くなった。PTAだって何をどう決めたらいいかわからない。誰にも聞くこともできず、隣の席のママに「もう決めた？」などとフランクに話しかけられても薄ら笑いでごまかすしかなかった。

免疫のない私は他のママたちとどう会話していいかもわからなかった。「初対面だけどタメ口で話していいのか」「初めて話すときの呼び方は名字にさん付けで合っているのか」なんてくだらないことまで子どもがいる昔からの友達にいちいちLINEで質問していた。「これはまずい……」と私は初めて思ったのだ。この状態での六年間は針のむしろだ。今まで努力してこなかったツケがまわってきた。

どうやらクラスのみんなは、週末になると友達同士で集まって近所の公園で遊んでいるらしい。学童の帰りのお迎えで会ったママたちも、そのままみんなで夕飯を食べに行ったりしている。

親の心子知らずの息子に何度も「僕も行きたい」と言われたのだが「ママ無理だから人前で絶対それ言わないで」と懇願し、お迎えで集まるママたちの間をとにかく目立たないように気配を消して通り抜けていた。

たまに話しかけてくれるママがいてその輪の中に入ってしまったときはつらかった。薄ら笑いで会話に参加しているふりをしていたが、飛び交う先生の名前すら覚えていない私は、みんなが何の話をしているかもよくわからず、疎外感を感じるばかりだった。そんな状態でそこに参加している自分が滑稽で、幽体離脱してまごまごしている自分を遠くから見ているような気分になった。

一年生の公開授業や運動会には、高校の同級生に来てもらって一緒に座った。幼稚園の頃からそうしていたので違和感なくそうするつもりでいたのだが、小学生でそれをやると少し目立ってしまっている感じがした。

しかも隣には少し顔の知られた鈴木敏夫も一緒にいる。まわりが少しざわつくのも感じ、なんだかますます孤立していくような感じがした。

「こんな状態で六年間ももつわけがない。何より息子がかわいそうだ。こんな環境は変えなきゃいけない。まずは自分が変わろう。ママ友を作ろう」

そう決意するのに、そう時間はかからなかった。

ママ友を作ろうと思ってからは、積極的にママたちに話しかけるよう努力したのだが、いかんせんママ友界のルールや距離感もまったくわからない私は、どうやったら友達になれるのかさっぱりわからなかった。

学童のお迎えで会ったときに学校の話や宿題の話をするようにはなったが、友達になれる気配はなかった。誰に何を話したかも覚えていられないので、同じ人に何度も「習い事何やってる?」と聞いたかもしれない。そんな手探りで手ごたえのない日々が続いていた。

そんなときにクラスのママたちが集まるランチ会が開催された。噂に聞くママ会だ。自分がそんなところに参加するなんて想像もつかなかったし嫌でたまらなかったが、他のママたちと仲良くなるチャンスだ。行かない選択肢はなかった。

広々したカフェを貸し切り、二〇人以上のママたちがそれぞれグループに分かれ、席に座った。

私は幼稚園から一緒のママが一人だけいたので彼女と隣の席に座り、なるべく他のママたちとも話そうと努力した。どんな会話をしたのかはよく覚えてないが、旦那の職業とか子どもの習いごととかそんな話だったように思う。あまりにたくさんの人の自己紹介を聞くので全然覚えられず、うっすら上辺だけの会話しかできなかった。

「こんな感じで友達になれるのかな？　この距離感がママ友ってやつなのかな？」どれが正解かもわからず、手ごたえもないまま流れに身を任せていた。

そんななか、トイレに行くときに、トイレの近くに三人で座っていたおしゃれなママたちに目がいった。その中の一人のママは茶髪のボブにタンクトップにオーバーオールを着ていて、タンクトップからTATOOがはみ出していた。初めてのママ会にTATOOを隠そうともしない彼女の潔さに魅《ひ》かれて、友達になりたいと思った。

トイレに行くついでに勇気を出して「隣座っていい？」と話しかけ、座らせてもらった。口から心臓が飛び出しそうなくらい緊張していたが快く受け入れてくれたのでホッとしたのもつかの間、私が緊張していたせいか会話もままならず一人でしゃべりまくって空回り感もいなめず、即撃沈。自分から座ったくせにものの数分で退散した。

そしてそれから数カ月後、忘れもしない、小一の夏休み。恵比寿駅前の盆踊りに行ったときのことだ。クラスの男の子とママたちが何人かで来ていてみんなで遊んでいた。カフェで話しかけたあのママたちだ。TATOOのママもいる。一瞬、ランチ会の日のみじめな自分がフラッシュバックして吐きそうになった。

私は高校の同級生と行っていたのだが、ママ友ができずに悩んでいるのを知っているその子に「あの輪の中に入ってきな。頑張って」と背中を押された。リベンジだ。勇気を出してママ友たちの輪の中に入りに行った。

TATOOのママに「今日暑いねー」とどうでもいいことを話しかけると、彼女は手に持ったどでかい食べかけのティラミスを私に差し出し、「ティラミス食べる?」と聞いてきた。「いらない……全然食べたくない……」と心の中で呟いたが、どう反応していいかわからず、私は「うん、大丈夫」と小さな声で答え、薄ら笑いでごまかした。

しかしそれから何度も彼女は「ティラミス食べる?」と、同じことを聞いてきたのだ。そのたびに大丈夫と断ったのだが、私の頭の中は軽くパニック状態だった。なんでこんなに何度も言ってくるのか、これはそろそろ無理にでも一口もらったほうがいいのか、それとも「しつこいわ！」と突っ込んだほうがいいのか、でも突っ込むほどの仲でもないし、とぐるぐる考えているうちに、彼女がティラミスを食べ終わるのを見てほっとした。

その時間は一五分くらいだったと思うが、私には数時間に感じるほど長く、地獄のティラミス事件として自分の中で記憶された。

ティラミスの攻防戦もうまくあしらえず、相変わらずいまいち会話にも入れないし「なんで急に来てずっといるんだろう」と思われていたかもしれない。それでも「今日は絶対に連絡先を聞く」と心に決めて、ひたすら子どもたちの写真を撮った。

そして帰りがけに言ったのだ。「写真送りたいからＬＩＮＥ教えて」と。

後にも先にも人生であんなに緊張しながら人に連絡先を聞いたことはない。しかし、もちろんみんな快く連絡先を交換してくれた。

そして私は「写真を送る」という名目でその日のうちにすかさずＬＩＮＥグループを作った。ＬＩＮＥグループを作ればこっちのもんだ。

そこからは文字の世界だ、うまくやれる。そんな自信があった。相手の名前を呼ぶことも、面と向かうと躊躇《ちゆうちよ》してしまうが文字だと気軽に呼べた。

それから私の「お泊り会しない？」攻勢が始まる。子どもたちは楽しい夏休みの想い出づくりができるし、ママたちはひと晩育児から解放される。断る人はいなかった。その夏休みだけで一〇回くらいお泊り会をした。多いときは一〇人くらいの子どもたちが泊まりに来た。私は仕事が不定期なので、なるべくママたちが働いている平日にお泊り会を開催した。ママたちが学童のお弁当作りから解放されるようにするためだ。

子どもたちもハッピー、ママたちもハッピー、私も息子が喜ぶ姿を見れてハッピー。みんながハッピーな最高の夏休みだった。

旦那と二人で子どもたちをいろんなところに連れて行った。公園やプールや、車を借りてお台場や海やアスレチックにも行った。

最初はママ友を作るために始めたお泊り会が私にとってもなくてはならないものになり、子どもたちに囲まれて過ごす時間は幸せこのうえない至福の時だった。

すっかり味をしめた私はそこからたくさんのママ友グループに声をかけ、たくさんお泊り会をした。息子だけ男の子一人で女の子七人の「女の子お泊り会」もしたことがある。おかげで息子は男の子のみならず女の子とも親友になれる子に育ってくれた。

そんな日々をFacebookにアップしていたので、それを見たクラスのママから「いつも楽しそうにお泊り会してるけどうちも今度行っていい？」と声をかけられるようにもなった。遊んだこともないママから「家族全員がインフルエンザになっちゃって、何日か息子を泊めてもらえないかな？ Facebook見て麻実子さんならＯＫしてくれるかもと思って」と頼まれて泊めたこともある。

その結果、今ではクラスの半分以上がうちに来て遊んだり泊まったりしている。入学したての頃からしたら信じられないことだ。私もいろんなママと遊ぶようになり、ママ友づきあいが楽しくなった。

最初はかたくなに拒否していたママ友という関係も、仲良くなってしまえば昔からの友達となんら変わりはなかった。今ではみんな私の抜けている性格も理解してくれて、「まみちゃんだから」と許してくれる。

私のママ友人生は、大きく変わったのだ。

そして、あの日カフェでドキドキしながら話しかけて撃沈し、その後盆踊りで勇気を出してＬＩＮＥを聞いたＴＡＴＯＯのママ友だが、今では縁があって同じマンションに住んでいる。

あの日から数年かけて、同じマンションに住むにいたるほど仲良くなったのだ。きっかけはコロナ禍のある日、うちの近所の公園で子供と二人でいた彼女から「今近くの公園にいるから来ない？」とＬＩＮＥが来たことだ。

グループで遊んだことは何度もあったのだが、二人で会うのは初めてだったので躊躇した。「緊張する。行きたくない」とまず思ったのが正直な気持ちだ。でもこれを逃したらもう二度と誘われることもないかもしれない。絶対に行くべきだ、と背中を押す自分がいて、勇気を出して行くことにした。

最初はぎこちない空気感にドキドキしていたのだが、子供たちが遊ぶ公園の砂場を見ながら彼女がある秘密を告白してきたのだ。それを聞いた私は「え？　マジで？　私もだよ！」と驚き、そこから急激に意気投合した。これまでの人生や価値観について語り合い、共通点の多さにお互い感激した。

仲良くなるのは一瞬なのだ。今でも忘れない、コロナ禍の青空にブルーインパルスが飛んだ日の出来事だ。二人でブルーインパルスを見上げたその日のことを、「あの日がなかったらこんなに仲良くなってないかもしれないよね」と、私たちは今でも何度も語り合っている。

ちなみにティラミス事件について、彼女に「なんであんな何回も勧めたの？」と聞いたことがある。なんと、彼女はあのとき酔っていたそうで何も覚えていなかった。それどころか、私が撃沈したランチ会での初めての会話のことすら何も覚えていなかった。

私にとっての二大事件は、彼女にとっては覚えてもいないような小さなことだったのだ。それを聞いたとき、私は自分の滑稽さに笑ってしまった。そしてとてもほっとした。人間関係なんてこんなものだ。どっちかにとって大事件でも相手は覚えてすらいない。もっと気楽に考えればいいんだと思えたのだ。

今では彼女と私は、なんでも言い合える関係だ。今ティラミスを勧められたら「全然食べたくない！　いらない！」とはっきり断れる。

お互い喫煙者なので「一服行っていいー？」と毎日のようにお互いの家を行き交っている。多いときは一日に三回も彼女の家に一服しに行っている。

最初に魅かれた印象どおり、とても気が合い、昔からの友達みたいだ。家族ぐるみで一緒にご飯を食べ、他に仲良くなった友達家族とみんなで毎週土曜日はうちでパーティをし、夏はキャンプ、冬はスノボーに行く。

子どもたちを旦那に預けてママたちだけで七時間カラオケに行ったり、メイクをし合ったりショッピングに行ったり映画を見たりライブに行ったり、まるで女子高生のように楽しんでいる。

私の中学や高校の友達、バイト時代の友達、その子のママ友や仕事仲間、みんながみんな仲良くなって、それぞれ連絡を取ったり、ごっちゃになってうちで集まっている。最近ではオンラインサロンのメンバーも加わり、いよいよ年齢も職種もてんでバラバラのカオス状態だ。

人生は面白い。こんなことが起こるのかと思うことがたくさん起こる。

「ママ友は作らない」と決めていた私がママ友と家族のように近い生活を送っている。今ではみんなと友達じゃなかった頃が思い出せないくらい、いて当たり前の存在だ。こんなことが起こるなんて誰が想像しただろう。

煩わしい人間関係を頑張ってみたら、面白いことが起きて、その先には楽しすぎる毎日が待っていた。

煩わしいと思っていた出会いは、一生を共に過ごしたいと思える大切な友達との出会いだったのた。

あのとき自分が勇気を出して頑張っていなかったら今の毎日がなかったと思うと、頑張ってよかったと心から思う。

思えば人生はそんなことの連続だ。煩わしいと思うときこそ、頑張って飛び込もう。その先にはきっと面白いことが待っているはずだ。

# 女神ちゃん

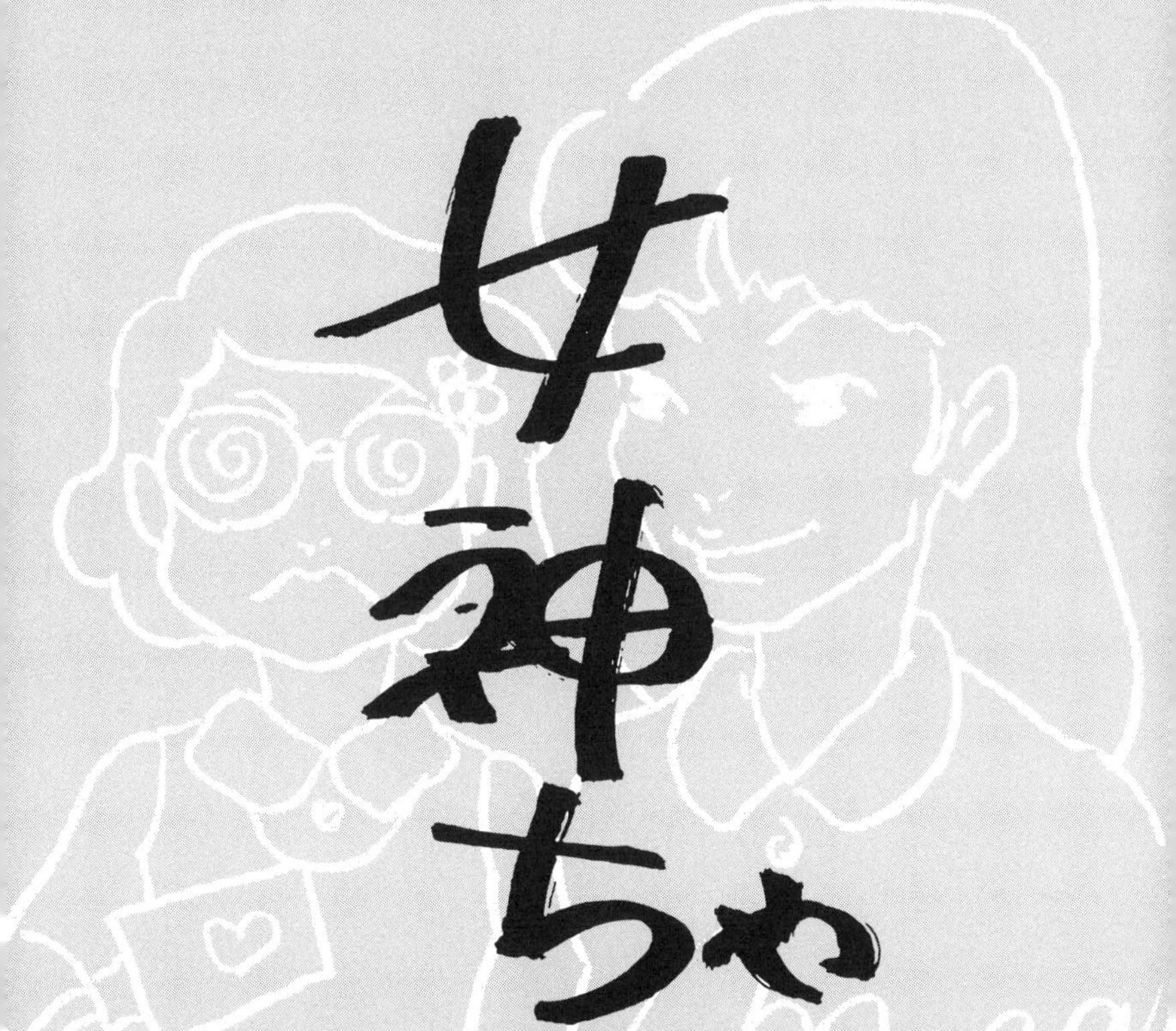

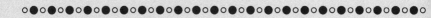

中学のとき宣子という帰国子女のクラスメイトがいた。

宣子は背が低く、牛乳瓶のような眼鏡をかけ、すこし癖っ毛の髪のおかっぱの女の子だった。私と宣子はグループが違かったので特に接点もなく、たまに当たり障りのない話をする程度の関係だった。

しかし、あるときから私は宣子に意地悪をされるようになった。

通りすがりに足をひっかけられたり、ずっとにらまれたり、最初は「気のせいかな？」と思えるくらいのことだったのだが、それはだんだんエスカレートしていき、あからさまに私に向かって暴言を吐いて来たり、筆箱の中に私が大嫌いな蟻《あり》を入れて高笑いしたりするようになった。

私はそのとき実は、宣子との距離が近くなったような気がして少し嬉しかったのだ。なんでかわからないけど、宣子はいつも私にちょっかいを出してくる。いつも私を見ているし（にらんでいるのだが）、私が気になって仕方ないようだ。

これはもう……と確信した私は意地悪をされるたびに宣子に向かって「私のこと好きなんでしょ」としつこく言っていた。宣子はそんな私の態度によりムカつくようで、

「本当に大嫌いだから」と何度も返してきた。

でも私は確信していたのだ。なんとも思っていないクラスメイトにこんなにからんでくるはずがない。好きか嫌いかのどっちかだが、嫌われるようなことはひとつもしていない。私はどんなに宣子に嫌がらせをされても笑っていたのだ。

「ふざけんな宣子、蟻入れるのはマジでやめろ！」と言い返すことはあったが、宣子に攻撃的なことをしたことは一度もない。そんなときも宣子はとても嬉しそうに高笑いをしていた。

「あんたの顔が嫌い」と言われたこともあるが、顔が嫌いなだけでこんなにからんでくるだろうか。むしろ嫌いなら距離を置くのが当然だろう。

それならもう答えはひとつしかない。宣子は私が好きなのだ。ずっとそう思っていたので、私は宣子の嫌がらせに怒りを覚えることは一度もなかった。

皮肉なもので、私が宣子の悪行を許せば許すほど、まわりの友人は宣子に怒りを覚えて嫌いになっていった。

「なんであんなことされて怒らないの？」「調子に乗ってるじゃん。ムカつく！」とみな口々にすごく怒っていた。

「宣子は私のこと好きなんだよ。仲いいってことだよ」と言うと「絶対本当に嫌いで意地悪してきてるんだよ。攻撃されてるの気づいて！」といろんな人に言われた。

でも私はどうしてもそうは思えなかったのだ。むしろクラスで性格悪いと思われて孤立していってしまう宣子が少し気の毒だった。

なので授業のグループ分けのときなどは積極的に宣子を誘ったのだが、「あんたとだけは嫌」とことごとく断られた。思いやりを持って誘っているのにひどい言葉でばっさり断る宣子が、私は面白かった。


そんなある日、宣子が私を嫌いな理由が判明する。

私はそのころ席の近い男の子に恋をしていたのだが、宣子もその彼のことが私よりずっと前から好きだったのだ。以前は宣子がその彼と席が近くて彼とよく話していたのに、今は私と彼が仲良くしているのを見て許せなかったらしいのだ。なるほど、一連のいじめは女の嫉妬心からくるものだったのだ。

彼はノリのいいスポーツマンで、同じくノリのいい私と気が合った。宣子と話していたときよりも私のほうが気が合っているのは一目瞭然だったので、悔しかったんだと思う。

そうか、そういうことだったのかと私は合点がいった。

それは少し悪いことをしたかもしれない。宣子が彼を好きだったのはクラスでも公然の事実だったらしいのだ。そういうのに疎《うと》かった私はそんなことも知らずに彼と仲良くしていたので、宣子からしたら地団駄を踏むような気持ちだったのだろう。

しかし、だからといって身をひくわけにはいかない。最初からその事実を知っていたら好きにならなかったかもしれないが、私はもう彼のことを好きになっていたのだ。

「意地悪とかしてこないで正々堂々と勝負しよう！」

私はある日なんの脈絡もなしに宣子に言った。宣子は歌舞伎のそれのような眼力で私をにらみつけ、「あんたなんか敵じゃない」と言ってきた。私は正直、こんな地味な眼鏡女がなんで自信満々なんだろう、とちょっと不思議に思った。

それからも宣子の私への意地悪は続いた。相変わらず派手にいじめてきたけれど、私はやはり、そこに悪意を感じなかったのだ。まわりの友人は相変わらず宣子に怒っていたけれど、私はずっと「本当は仲いいんだよ」と言い続けていた。

実際、私と宣子は恋のライバルでなければ親友になっていたかもしれない。

彼はとてもモテたので彼のことを好きな女子はクラスに何人もいて、私に嫉妬する女の子も他にもいたのだが、みんなもっと陰湿だったのだ。表面上では仲良くして私の恋の応援をするふりをして、裏では別の友達に恋の相談をして私の悪口を言うような子が何人かいた。

一番仲が良くて味方だと思っていた子がバレンタインのときに彼にこっそりチョコをあげていたのを知ったときはショックだった。その子は私と一緒にチョコを買いに行っていたのだ。

そのとき私は彼にチョコをあげることをもちろん話していたのだが、彼女はかたくなに好きな人の名前を言わなかった。そして私に内緒で同じ人にチョコをあげていたのだ。

別に同じ人を好きになることはなんの問題もない。ただ、それを私にだけ話させて自分は秘密にし、裏でこっそり告白をするという行為が気持ち悪かった。

言ってくれれば気持ちよく二人で闘えたのに。恋のライバルになったことより、友情を失ったことのほうが悲しかった。

そんなまわりの女子たちに比べて、宣子は堂々としていた。清々しいほど堂々と私を嫌っていたのだ。私はそんな宣子が好きだった。

しかし、ほどなくして宣子の一途な恋は終わりを迎える。ホワイトデーの日、何十個もバレンタインのチョコをもらっていた彼は、私にだけお返しをくれたのだ。

今でも彼が家に来てくれたときの衝撃は忘れられない。

私の家を知っていることすら知らなかったので、本当に驚いて声が出なかった。玄関先でお返しを渡すと彼はすぐ帰ってしまったのだが、私は胸がいっぱいで身動きできずエレベーターの下りていく階数の表示をずっと見ていた。

くれたのは明治屋の丸い缶のストロベリーのキャンディだった。開けると粉砂糖がたっぷり入っていて、妖精の粉みたいだと思った。ひとつ食べると魔法で身体がふわふわ浮いていくような感じがした。恋とは笑える妄想の連続である。

そうして私と彼は恋人同士になった。

その噂は一日で学年中を駆け巡り、宣子は毎日まいにち泣きはらした目をして、授業中も目が真っ赤だった。いつも遠くから私をにらんでいた宣子は明らかに憔悴《しょうすい》し、もう私の目を見ることもなくなった。

いちど彼と一緒に下校するときに靴箱で宣子に会ったのだが、声をかける間もなく宣子は逃げ去って行ってしまった。

私はなんだかとてもさみしかった。宣子と毎日やり合った漫才のような日々が懐かしかった。

彼とは卒業を目前にして、友達に戻ろうという結論を出してお別れした。友達だった頃はとても仲が良かったのだが恋人になった途端お互い意識してしまって、それまでのようになんでも言い合える仲ではなくなってしまったのだ。

大人になった今、彼とはまだ友達で、なんでも言い合えすぎるほど遠慮のない仲なのだが、思春期の私たちにはとうてい無理だった。甘くてほろ苦い想い出だ。

彼と別れてから、宣子とはまたたまに話すようになった。前のように小競り合いをする関係ではなかったけれど、少し戻れたような気がして私は嬉しかった。宣子はまだ彼のことを諦めていなくて私の後釜を狙っているようだったけれど、それだけは嫌だったので話すたびに心の中で呪いをかけた。

私の呪いの甲斐もあってか宣子の恋は成就せず、私たちは卒業を迎え、宣子とは別々の高校に行き、連絡を取ることもなかった。


いくつか季節を過ぎたころ、宣子から突然ハガキが届いた。そこには中学時代私をいじめたことへの謝罪が小さい文字でびっしりつづられていた。

私に対してライバル心を持っていたこと、何もされていないのにずっと嫌ってしまったこと、悪いことをしたとわかっていたのに素直に謝れなかったこと。何度も何度もごめんなさいと書いてあった。

私はそれを読んで、宣子はあのとき本当に私を嫌っていたのかとびっくりしたのだが、宣子の熱意のある謝罪に感動した。

やっぱり宣子は悪い子じゃなかった。同じ人を好きになって気持ちがこじれてしまっただけで、私たちは気が合わなかったわけじゃない。現に私は一度も宣子を嫌いだと思ったことはなかったのだから。

そしてハガキの最後には「直接謝りたいし、これからも仲良くしたいので今度高校の文化祭に来てください」と書いてあった。

知らない高校の文化祭に行くなんて嫌だったが、宣子がここまでの思いで招待してくれているのだ。これは行くしかないだろうと思った。

違う形で出会っていたら仲良くなっていたであろう宣子と、今やっとスタートを切れるのだ。これを無視したら一生後悔すると思った。

そして文化祭当日、私は一人で宣子の高校の文化祭に向かった。友人と行こうかとも思ったが、友人はみな私をいじめた宣子を嫌っているし、文化祭にのこのこ行く私のことも「お人よしすぎる」と非難している。何より宣子としっかり和解するには一人で行ったほうがいいと思ったのだ。

宣子のクラスに着いても、約束の場所に宣子はいなかった。しばらく待っていたがなかなか来ない。近くにいた女の子に「飯山宣子さんっていますか？」と尋ねてみた。

「あれ？　女神ちゃんの友達？　女神ちゃんあっちにいるよ。今呼ぶね。女神ちゃーん!!」と大声を張り上げた。

女神ちゃん？　誰だそれ？　と首をかしげつつ声の先を見ると、ロングヘアーでフワフワのワンピースを着た美少女がこっちを向いていた。

……？　誰だあれ？　と目を凝らしていると、「鈴木ーーー!!」と聞き覚えのある声で美少女が近づいてきて、背後から私の首を腕で締めてきた。いわゆるチョークスリーパーの体勢だ。

「……え……苦し……誰？」と声を漏らすと「私だよ。私に呼ばれたから来たんでしょ」と言うその声の主は、なんと宣子だったのだ。

牛乳瓶眼鏡で癖っ毛の地味なおかっぱの女の子は、眼鏡をコンタクトに変えて、ストレートのロングヘアーの超美少女に変身を遂げていた。

まったく気づいていなかったが、宣子は実は美人だったのだ。だから中学の頃から自信満々でプライドが高かったのかもしれない。

「宣子なんか変わったね……」

首を絞められながら言う私に「何言ってんの全然変わってないでしょ」と私の首から手を離し、「鈴木は私のこと大好きでどうしても文化祭に来たいって言うから呼んであげたの」と私をみんなに紹介した。

「あ、そうなんだ。さすが女神ちゃん。呼んであげるなんて優しい！　女神ちゃんは人気者だもんねー」とまわりの子たちが囃《はや》し立てると宣子は「鈴木は特にしつこくてさー」と私の背中をバンバン強めに叩いた。

女神ちゃん……そして鈴木……鈴木なんて呼ばれたことないし、文化祭に来たいなんて一言も言ってない……なんだ、なんなんだこの状況!!

「女神ちゃんは中学からモテモテだったでしょ？　本当こんなかわいい子初めて見た

もん」とニコニコで話しかけてくる女子に「はあ……まあ……」と苦笑いで返す。そんなときに「女神ちゃん、こっち来れる？」と遠くの男子から声がかかる。宣子は「もうモテてモテて本当困ってるんだよ」と私の耳元でささやく。

私はすべてを察した。

宣子は私に謝りたかったんじゃない。これを見せたかったんだ。宣子の中で私はいつまでもライバルで、自分が高校に入って人気者になり、モテモテで、今度は私に圧勝したことを見せつけたかったのだ。

殊勝な謝罪もこれから仲良くしたいなんてことも全部嘘だった。なんて女だ。そして相変わらずなんて利己的でプライドが高く、負けず嫌いな女なんだ。

やっぱり宣子は面白い。笑ってしまうくらい性格が悪くて清々しいのだ。

「鈴木、手ぶらで来たの？　お土産くらい買って来いよ！」と宣子は家来を扱うように私をあざける。

「女神ちゃん、そんなキャラだったの？　いつもと違う！　中学では恐かったの？」と友達に言われると「オーホホホ、そんなことありませんわよ」と白鳥麗子のように高笑いしてクネクネ身体をよじらせる。

そんなキャラじゃない……どっちかというと地味な女だった……と私は心の中でつぶやきながら薄ら笑いをして家来の扱いを甘んじて受けた。

宣子はこれがやりたかったんだ。自分の高騰した価値を私に見せつけ、みんなの前で私をあざけり、屈辱的な思いをさせたかったんだ。

これは宣子の私に対する長い長い復讐だったのだ。

あのハガキを私に書いているときから、いや、もしかしたらもっともっと前から、綿密に計画された復讐だ。

ついに来た復讐の日ならば、思う存分遂げさせてあげようと私は思った。私に勝ったと思うことが宣子にとってそれほど重要ならば、いくらでも勝たせてあげよう。私にとってはそんなこと米粒ほどにどうでもいいことなのだから。

私はこんなことで悔しがったりしないし、屈辱にも思わない。ただただ不憫《ふびん》な宣子に協力して花を持たせてあげようと思うだけだ。

それが何よりもの敗北であり屈辱なことに女神ちゃんは気づいていない。それは私から見るととても滑稽で、正直面白くてしょうがなかった。

帰ってから友人たちに話すのが楽しみでしょうがない。

そんなことをひそかに思って噴き出すのを我慢しながらニコニコしている私は、誰よりも性格が悪いのだろう。

# 音楽の神様

私が久石譲さんと初めてお会いしたのは、『千と千尋の神隠し』の挿入歌「ふたたび」の作詞を担当したときだった。

ある日れんが屋で映画を見た日、帰りに父に「ここに電話して」とCDと電話番号を渡された。

なんのことだかさっぱりわからず、「何？　だれ？　なんで電話するの？」と質問ばかり浮かんでくる私（当たり前だが）に父は「なんか仕事を頼みたいみたい。パパはわからないからとにかく電話してみて」と最小限の情報しかくれなかった。

父はいつもそうなのだ。説明というものをしてくれない。

これ以上聞いても無駄だと思った私は、とにかく電話するしかないと思った。仕事と言われても見当もつかなかった。雑用のアルバイトなんかが足りなくて、頼まれるのかもと思った。それにしても急に他人の私にそんなことを頼むだろうか。考えても謎が謎を呼ぶばかり。

この謎を解くには電話してみるしかないのだ。そして私は、女性かも男性かもわからないその人に電話をしてみることにしたのだ。

人見知りの私は、電話一本するのも一苦労だ。誰ともわからない人にどんな話し方をしたらいいのか。相手は私を知っているのだろうか。父とはどんな関係なのだろうか。考えてもしょうがないことを、一瞬のうちに頭に巡らせながら電話をかけた。

出た方は女性だった。「鈴木敏夫の娘の麻実子です」と自己紹介をすると、相手はすぐに「麻実子さん！　ご連絡ありがとうございます。○○と申します」と自己紹介したあと矢継ぎ早に「早速ですが打ち合わせに来ていただけますか？」と続けた。私はその一瞬ですべてを察した。父とはもう話が決まっているのだ。「パパわからない」はやっぱり嘘だった！

しかしこんな丸腰の状態で打ち合わせなどというものに行くわけにはいかない。さすがに何の打ち合わせか聞かないと無理だ。そもそも打ち合わせなんてものは人生で一度もしたことがない。どうやって挑めばいいものか想像もつかなかったのだ。

私は恐る恐る「すいません……実は父から何も聞いてないんですが、今回のことはどんなお話なんでしょう」と聞いてみた。相手の女性は「あ、そうなんですね。大変失礼しました」と焦り気味。彼女は何も悪くないので申し訳ない気持ちでいっぱいになった。

はっきりとは覚えていないが「実は今度『千と千尋の神隠し』の挿入歌に歌詞をつ

けることになり、久石がぜひ麻実子さんに作詞をということだったので鈴木さんにお願いした次第です」というようなことを言われた。

「カントリー・ロード」のときに引き続き、頭の中ははてなでいっぱいだ。

まず、できあがっている映画の挿入歌に歌詞をつけるってどういうことだ。そして久石さんとは？ そして一番は、なぜ私に作詞を頼もうと思ってくれたのか。私の職業ってなんだっけ？ 人違いなんじゃないかな？ と疑問だらけだった。

「私、作詞ってほとんどやったことないんですけど、本当に私でしょうか？」と聞き返すのが精一杯だった。女性は「もちろんです。麻実子さんです。とりあえず一度お話を聞きに来ませんか？」と言ってメールアドレスを教えてくれた。

電話を切ると私はすぐに久石さんのことを調べた。ジブリの音楽を作っている作曲家の先生。どうやらとてもすごいお方だ。顔は見たことがなかったので多分面識はない。こんな私がそんなすごい方の曲に作詞なんてしていいんだろうか？ もっと適任な方がいるに違いない。これは丁重にお断りするべきだ。そう思った。

しかし、久石さんはなぜ私にと言ってくださったんだろう。そして私はこれを断ってあとから後悔しないだろうか？

面白い経験になるかもしれないというワクワクと、それに伴う重圧から逃げたいという思いが私の中でせめぎ合った。なにより一番嫌だったのは「打ち合わせ」という未知のものだ。そんなきちんとした場所に行ってきちんとした人たちと話し合うなんて考えただけで吐きそうだ。それから逃げたい一心で断りたいと思った。

でも私は、やりたくないと思うことをやってみると、必ず大きな快楽を得られるということを知っている。やりたくないと思えば思うほど、やったほうがいいのだ。初めてのことでやりたくないと思うこと。それは私にとってやってみるべきというセンサーが働いているようなものなのだ。

数分悩んだのちに考えるのが面倒くさくなり、「とりあえず何も考えずに行ってみよう」と決意した。行って嫌だったら途中でやめればいいだけだ。そう思うとすぐに、先ほど聞いたメールアドレスに「とりあえず話を聞いてから考えたいので打ち合わせに伺います」とメールを送った。


打ち合わせ当日、女性の方に案内され部屋に入ると久石譲さんがいた。久石さんは「初めまして。いつもお父さんにお世話になってます。こないだもね……」と気さくに話しかけてくれた。

久石さんを初めて見た印象は、想像していたものとはまったく違っていた。もっと貫禄があってオーラ全開の方で鋭い目をしているイメージだったんだけれど、実際はニコニコして眉毛が下がり、思っていたより細身で、軽々と動くおじさまだった。柔らかい声で丁寧に話す話し方に私は一瞬で好感を持った。
そして久石さんは「今回ね、『千と千尋の神隠し』の挿入歌の「ふたたび」ってい
う曲に歌詞をつけることになってね。誰に作詞お願いしようかなって思ったときに、
あ、鈴木さんの娘さん作詞やってるじゃんって思い出して頼んでみようと思ったん
だ」と話してくれた。
思ったより軽い感じで決まったんだと思い、驚くと同時に少し心が軽くなった。こ
んな感じならできないと思ったときに断りやすいかもと思った。この方なら私が断っ
ても「そうだよね。じゃあ今回は違う人に頼むよ」と軽く受け入れてくれそうだ。ま
ずは話だけ聞いてみようと思った。
しかし話を聞いてみると言っても何を聞いたらいいのかよくわからなかった。テー
ブルには「ふたたび」と書いた楽譜が置いてあったので、それを手に取ってなんとな
く眺めていた。
まずはでも自分の現状を先にはっきり伝えておいたほうがいいような気がして、私
は恐る恐る「私素人なので何もわからないんですが、それでも作詞ってできるものな
のでしょうか？」と久石さんに聞いてみた。
が、聞いた瞬間に深い後悔に包まれた。今までニコニコしていた久石さんの表情が
一瞬変わり、空気が変わったのだ。「何言っているの君は？　素人も何もないでし

ょ？」と言っているような、驚きと呆れが混じったような微妙な表情をしていた。ほんの一瞬であったが、場違いなことを言うのは許さないという気迫を感じた。

この部屋に入った瞬間、私はプロの作詞家なのだ。そうでなければいけない。そうでないと、巨匠である久石さんの忙しい時間を割いてもらってこんなふうに打ち合わせすることなんてできないのだ。一瞬でそれを悟った私は、自分には断るという選択肢などないことを知った。話を聞いて考えてみるなんておこがましい。もうこのプロジェクトは動き出しているのだ。

その後久石さんは再び笑顔に戻り、「大丈夫。相談しながらやりましょう。きっと素晴らしい歌詞ができますよ」というようなことを言い、「曲はもう聞きました？ちなみに歌うのは平原綾香さん。ご存じです？」と話を続けた。平原綾香？　どこかで聞いたことがある。「Jupiter」の人だ。すごく歌がうまい人だ。いやその前にプロの歌手の人だ。平原綾香が私の書いた歌を歌う？　どういうこと？

頭の中が真っ白になっていた私は、口先だけで受け答えをしていた。しかしなぜだろう。不思議とそんなときのほうが、言葉がスラスラと出てくる。平原綾香が歌うことにもなんの動揺もせず、ドラマや映画で聞いたような言葉をつなぎ合わせて、「どんなコンセプトで書けばいいですか？　何か入れたほうがいい言葉はありますか？」などといっぱしの作詞家のような言葉が口をついて出るのだ。

実際の私は幽体離脱してそんな私を部屋の天井の隅から見ている感覚だった。私は緊張が過ぎるといつも幽体離脱してしまうのだ。

久石さんは、すべて私に任せると言った。とにかく思うように書いてみてと言い、どのくらい時間がかかるかと聞いてきた。さっぱり見当がつかない。作詞って普通どれくらいの期間でするものなんだろう。「普通はどのくらいかかるものなんですか？」と聞き返したいところだが先ほど失敗したので憚《はばか》られる。「カントリー・ロード」はすぐに書けたが、あんなふうにすぐ書けるものなんだろうか？　私が答えを出せずに黙っていると久石さんが「まあじゃあとりあえず一週間くらいかな？」と促してくれたので「そのくらいを目指します」と答えた。

久石さんの事務所からの帰路、タクシーの中で私は「大変なことになった。もう逃げられない。どうしよう」と焦燥感にかられていた。なんで父はもっとちゃんと説明してくれなかったんだろうなんて恨みの気持ちも浮かんだが、あの父にそんな普通のことを求めても仕方ない。説明してくれていたとしても、私はこの打ち合わせに来ていたかもしれない。

とにかくもう動き出してしまった。先のことは考えず、今やれることをやっていくしかない。

恐るべきことに立ち向かわなければいけないとき私は、自分の足元だけを見るようにしている。高い崖から飛び出た板の上を歩くとき、先を見たら足がすくんで動けなくなってしまう。

「忘れる」のが特技な私は、先がどうなっているかをひとまず忘れて、足元だけを見て歩くのだ。家に着くころには「とりあえず忘れよう」といつもの口癖をつぶやき、まず帰ったら何をしようかを考えた。


帰宅してすぐに『千と千尋の神隠し』を見た。見たことはあったのだが、ほとんど覚えていなかった。「ふたたび」がどのシーンで流れるのかもわからなかったので、まずはそれを確認しようと思った。

制約のない作詞ほど難しいものはない。こんなイメージでとか、こんな言葉を入れてと言われたほうがよっぽど楽だ。自由に書いてみるなんて、どこからどう手をつけていいかわからなかった。

まずはイメージから自分で作らなければいけない。そのイメージが、久石さんがイメージしているものと合うのかもわからない。すべて任せるというのは何でもいいよということではきっとないだろう。

まずは共通のイメージであろう『千と千尋の神隠し』を見まくろうと思った。そして私は千になろう。「ふたたび」の詞は、千が書くのだ。千が書いた詞はきっと久石さんの心を打つに違いない。私は千の想いを言葉にするだけだ。そう考えると少し気持ちが楽になった。

正直ジブリ映画になじみのない私にとって、『千と千尋の神隠し』を何度も見ることは少し苦痛な作業だった。「ふたたび」が流れるシーンだけ見ればいいかもとも思ったが、きっとそれではイメージはつかめない。少なくとも三回は見ようと思い、連続で三回見た（正直三回目は早送りしまくった）。

三回も連続で見てみると、今まで思いもしなかった感想がたくさん出てくる。まずキャラクターの造詣が素晴らしい。湯婆婆、カオナシ、オオトリ様、坊、坊ネズミ、釜爺。宮崎さんの頭の中はどうなってるんだろう。そしてこんなに主役級のキャラクターがたくさんいるのに、すべてのキャラクターが邪魔をし合わずにそれぞれものすごい躍動感で生きている。それでいてすべてのキャラクターが少し切なく、哀愁があるのだ。素晴らしい映画じゃないか。

見れば見るほど『千と千尋の神隠し』が好きになった。私はこのたくさんの魅力的なキャラクターたちに囲まれて千になり、ハクと手を繋いで大空を飛ぶのだ。目をつぶるとなんとなくイメージが湧いてきた。書けるかもしれない。

イメージができたら、あとは曲に言葉を乗せていく作業だ。まずは曲を完璧に覚えなければいけない。そして、詞の文字数と音符の数をしっかり合わせたいと思った。

「カントリー・ロード」を書いたときはお手本で書くだけだと思っていたので、文字数をあまり気にせず字余りを連発していたのだ。でも今回は仕事として請け負うのだから、字余りにならないように美しく書かなければならないと思った。

そこでまず私がやったのは楽譜から音符を抜き出し、詩を書くときのように並べだす作業だ。こんなこと作詞家さんはやらないのかもしれない。でも私にとっては音符を読むよりもカタカナの羅列のほうが、イメージがつきやすいのだ。

すごくわかりやすい。この形で詞を書けばいいのだ。そして私はこのカタカナの羅列を見ながら何度も歌う。さっきのイメージと融合させて頭の中で歌えばフレーズが思いつくはずだ。何か決め手になるフレーズが浮かんでくるはず……。

浮かんでこなかった。さっぱり、どう言葉にしていいかわからない。「カントリー・ロード」のときのようにぱっと思いつくような気がしたのに、できない。頭の中にイメージはあるのにうまく言葉にできなくてもどかしかった。どうやらこの方法じゃダメらしい。方法を変えよう。

次に私が考えたのは、歌のことを忘れて普段自分が詞を書くときのように書いてみようということだった。とにかく今頭にあるイメージが消えないうちに詞にしたい。そこで私が書いたのがこの詞だ。

瞼《まぶた》を閉じれば胸の中　あたたかい手で包む人
ずっとずっと昔に　触れたことのあるぬくもり

暗い道に迷い込んで　泣いていた私
あたたかい光で　いつも照らしてくれた

導いてくれたのは　いつの日もあなただった
臆病な私の背中を押して　ここまで連れてきてくれた

信じてみようと決めた時　たくさんの扉が開いた
前に進むと決めた時　その先に光を見つけた

導いてくれたのは　いつの日もあなただった
臆病な私の背中を押して　ここまで連れてきてくれた

あなただけが　一筋の光
つないだこの手を離さないで

あなたが照らした道を　私は一人歩いていこう
まっすぐ前を向いて　立ち止らずに
忘れないでいれば　いつかまた会える　その日のために

久石さんに依頼を受けて二日目のことだったと思う。我ながらいい詞だ。気に入った。私は千になってハクのことを書いた。しかし気に入ったところで、これは歌詞ではない。さあどうする？

でもこの詞が気に入ったので、まずはこのままの形で誰かに見てほしいという思いもあった。そこで何を思ったか、私はこの詞を久石さんに送ろうと思ったのだ。

「相談しながらやっていきましょう」久石さんはそう言っていたじゃないか。一人でその先に進むのが難しいときは相談してもいいはず。と自分に言い聞かせながら、勇気を出して久石さんにメールを送った。

久石さんとのメールは久石さんの本名の「藤澤守」さんという名前宛てのやり取りだった。なんだか久石さんにメールする気がしない。会ったこともない別の方にご意見を聞く気分だった。でもそれが私にとってはよかった。「王様の耳はロバの耳」と洞穴に叫んだ家来のように、存在があやふやな「藤澤守」という人にならなんでも言える気持ちになった。

「ふたたびのイメージで詞を書いてみました。でも私はこれを曲に当て込むことができません。この詞が好きになってしまったので、どこを省いていいかわかりません。どうしましょう」プロらしからぬメールを藤澤守さん宛てに送ったのだ。

送ってすぐに久石さんから電話がかかってきた。一瞬出るのに躊躇《ちゅうちょ》した。藤澤守さんにメールをしたのに久石さんから電話がかかってきてしまった。急に現実感が襲ってきて、何を言われるんだろうと恐かった。

恐る恐る電話に出ると、久石さんは興奮気味に「これは素晴らしい。素晴らしい詞ですよ。たった二日でこれを書いたなんて麻実子さんに頼んでよかった!」とまさかの大絶賛をしてくれたのだ。曲に当て込むことができないなんてまるでどうでもいいことのように。

私は頭を何かで殴られたような、強い、衝撃的な感動を覚えた。久石さんと私が共鳴してお互いに感動し、ほかのことがどうでもよくなる瞬間。なんて素晴らしい瞬間なのだろう。

気持ちが高まって、すべてがうまくいくような気がした。今この気持ちのまま書けば完璧ないい詞が書けそうだ。私はいてもたってもいられなくなり、「ちょっと書きたくなってきたのでまた連絡します」と言い、すぐに電話を切った。

そしてもう一度カタカナの音符表を見ながら、先ほど書いた詞をイメージしながら少し短い詞を朗読した。何も考えず、ただ美しい言葉を吐き出す。どこを省くなんて考えない。新しい詞を作る。それで歌詞ができる気がした。

短くはできたものの何かが違う、どこかが合っていない、しっくりこない。私は音符を見ながら歌ってみた。いい歌詞ができたのだがやはり何か違う、合っていない、字余りだ。

そこからは事務的な作業だった。一旦歌詞へのこだわりは忘れて、とことん事務的に作業してみようと思った。カタカナに歌詞を一つひとつのせてみる。ここはこっちの言葉のほうがいいかも。「信じてみようと」は「信じて進むと」に変えよう。ハクは暗い道で泣いていた千を光のほうへ導いてくれた。その道筋を進む姿を表現したかったのだ。

微調整を繰り返し、なんとか最終の歌詞ができあがり、すぐに久石さんに連絡した。また久石さんから電話がかかってきて、「すごくいい。でもハクが千を導くのが少し唐突だ、イメージ文の中に「暗い道に迷い込んで」というフレーズがあったからあれを最初の方に入れたらどうか？　暗い道から手をひいて光の方に導いて連れていくというイメージがすごくわかりやすくなる」と言われた。そう話す久石さんは、とても

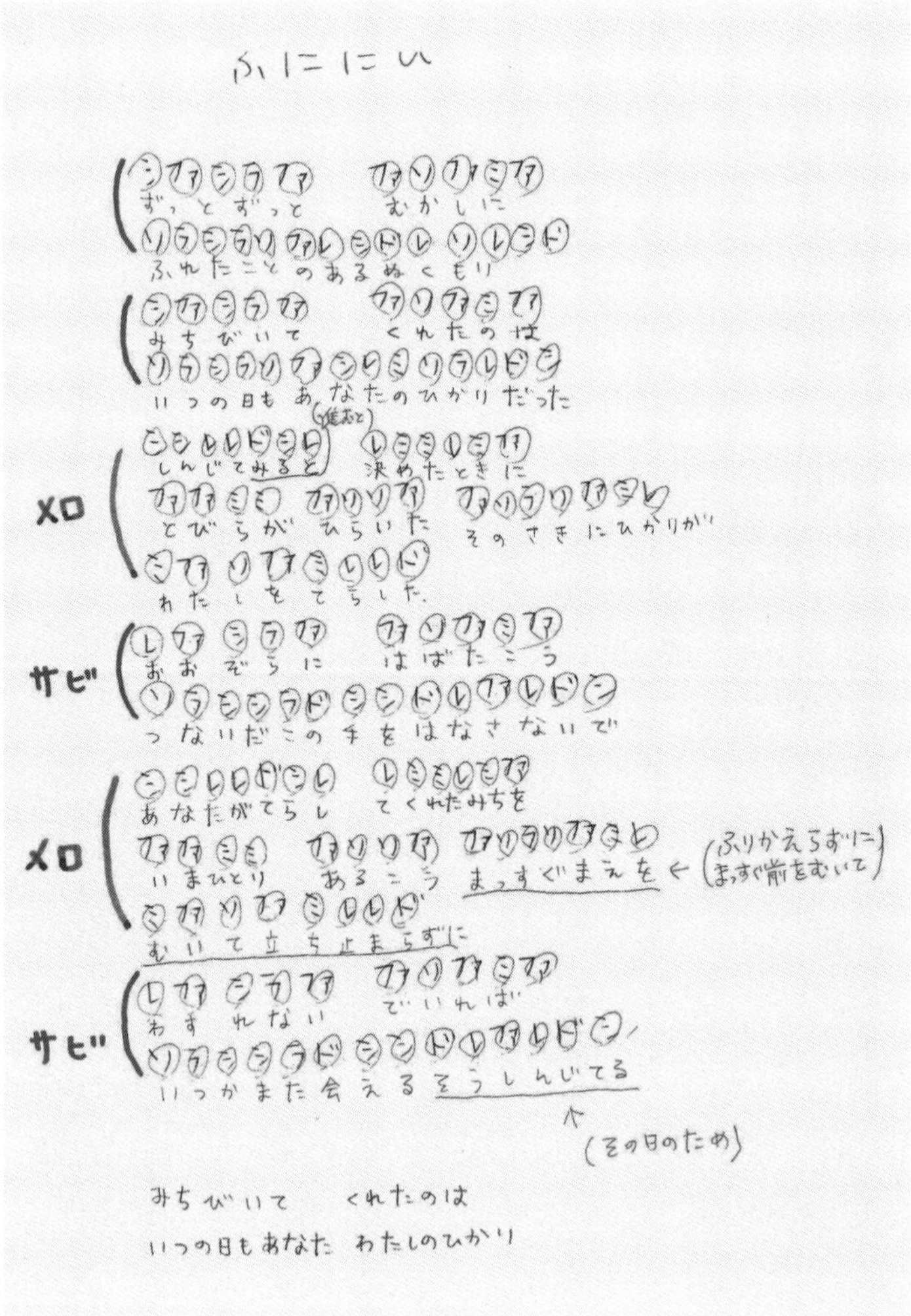
ふにに い

シファシラファ　ファソファミファ
ずっとずっと　むかしに
ソラシラソファレミドレソレミド
ふれたことのあるぬくもり
シファシラファ　ファソファミファ
みちびいて　くれたのは
ソラミラソファシソミソラレドミ
いつの日もあなたのひかりだった
（進むと）
ミミレレドミレ　レミミレミファ
しんじてみると　決めたときに

メロ
ファファミミ　ファソソファ　ファソラソファミレ
とびらがひらいた　そのさきにひかりが
ミファソファミレレド
わたしをてらした。

サビ
レファミラファ　ファソファミファ
おおぞらに　はばたこう
ソラミシラドミシドレファレドミ
つないだこの手をはなさないで

メロ
ミミレレドミレ　レミミレミファ
あなたがてらし　てくれたみちを
ファファミミ　ファソソファ　ファソラソファミレ
いまひとり　あるこう　まっすぐまえを ←（ふりかえらずに まっすぐ前をむいて）
ミファソファミレレド
むいて立ち止まらずに

サビ
レファミラファ　ファソファミファ
わすれないでいれば
ソラミシラドミシドレファレドミ
いつかまた会えるをうしんじてる
↑（その日のため）

みちびいて　くれたのは
いつの日もあなた　わたしのひかり

興奮しているように、ワクワクしているように、「暗い道に迷い込んだ私が導かれて光のほうへ進む。いいじゃない？　すごくいい」と熱を持って語ってくれた。

「暗い道に迷い込んで」というフレーズは私も本当は入れたかった。でもそれを入れてしまうと他のどれか一つを消さなきゃいけない。他が好きすぎてひとつも消したくないのだ。次の日に仕上がったものを持って打ち合わせに伺うことを約束し、「もう少し考えてみます」と言って電話を切った。

それから私はどこを削るかを悩みに悩んだ。他のフレーズは絶対に消したくないのだ。しかし、久石さんに唐突だと言われたので「暗い道に迷い込み」のフレーズは入れたほうがいいのだろう。でも入れるスペースがないのだ。こんなふうにフレーズを消さなきゃいけないならもうこの仕事を断わりたい。とまで思った。

自分の書いた気に入ったものを消すのはとてもストレスだった。好きなことは仕事にするもんじゃないなんてことを考えながら、結局何時間考えても答えは出ず、最後はもう投げやりになった。とりあえず明日行ってから相談しよう。私には決められない。最終的にどこを消すかは久石さんに決めてもらえばいい。

しいて言うなら「青空にはばたこう〜」の部分かもしれない。でも「つないだその手をはなさないで」はすごくいいフレーズだ。歌うときにも力を入れて盛り上がれる部分だ。

悩みに悩んだが答えは出ず、私は結局曲を完成させないまま、次の日の打ち合わせに向かったのだ。

次の日、久石さんは賛辞の言葉とともに私を迎えてくれた。「こんなにすぐにあんなにいい歌詞ができあがるなんて驚きました。あのイメージの詞もすごく良かった。あれを見たときにいい曲ができると確信した」というようなことを言ってくださった。

すごく嬉しい、嬉しいのだが、私の心は曇っていた。今日最終の歌詞が決まる。私が書いた詞のどこかのフレーズが消される。悲しくてしょうがなかったし、どこを消してどんな歌詞ができあがるのか想像もつかなかった。とりあえず、自分では消せなかったことを話そうと思い、書いてきた歌詞を出して、久石さんに見せた。

「「暗い道に迷い込み　ひとりぼっちで泣いてたあの日」という歌詞を作りましたが、そのフレーズを入れるとサビ部分が一つ増えちゃうからどれか消さなきゃいけないんです。私の中で消していいと思えるフレーズがなくて、選べませんでした。「青空にはばたこう〜」の部分かなと思ったんですが、そこも羽ばたくイメージがすごく良くて迷ってます」と正直に言った。

そのときの久石さんの言葉を私は一生忘れない。

久石さんは私の書いた詞を見て、

「すごくいい詞だからどこも消したくないよね。青空にはばたくところは消しちゃだめだよ。僕が曲を変えればいいだけ。この詞に合うように曲を変えましょう」

と言ってくれたのだ。

とてもあったかい話し方で、心にすーっと染み入る台詞だった。そしておもむろに楽譜を出し「ここにサビをもうワンフレーズ加えればいいかな？」とすぐにペン入れをしてくれた。

私は放心状態のまま、ポーッとしながら「はい……」と気の抜けた声で答えたのを覚えている。何を言われているのかよくわからなかった。私の書いた詞に合わせて久石さんが曲を変えてくれるなんて、万にひとつも考えていなかった。あまりの感動に今にも溢《あふ》れだしそうな涙をこらえるのに精いっぱいで、言葉が出なかった。

久石さんのようなすごい音楽家は、私のような素人に毛が生えた作詞家が書いたワンフレーズをもこんなに大切に扱ってくれるのだ。久石さんが音楽の神様のように見えた。音楽を愛し、曲を愛し、歌詞のワンフレーズを愛す人だからこそ、類まれなる才能に恵まれたのだと思った。

こうして「ふたたび」の歌詞はできあがった。久石さんの娘さんの麻衣さんがテスト歌入れをした完成曲を聞いたときは、涙をこらえることができなかった。久石さんは「本当に素晴らしい曲です。いい歌詞だ」と何度も褒めてくださった。私は心から素直に嬉しかった。

そして「ふたたび」は「久石譲 in 武道館～宮崎アニメと共に歩んだ25年間」というコンサートで初披露されることになった。

オーケストラが聞きなれたイントロを奏で、ステージの上で平原綾香さんが私の作った歌詞を歌いはじめたときは、世界が止まって見えるような感覚がした。言いようのない興奮と感動で、全身の血が逆流して鳥肌が立ち、一歩も動けず、とめどなく流れる涙をぬぐうこともできず、ただただ目の前の信じられない光景に釘付けになっていた。恍惚《こうこつ》という言葉はこんなときに使うのだろうか。

コンサートが終わってしばらくしたあと、平原綾香さんのアルバムに「ふたたび」が収録されることが決まりレコーディングに立ち会う機会があった。コンサートのときに一度お会いしていた平原綾香さんは、レコーディングではひときわオーラを放っていて、触れたら壊れてしまいそうな繊細さをまとっているように見えた。

レコーディングスタジオの隅の床にうずくまり、ひとりアカペラで、いろんな奇妙な声を出し、発声練習をしていた。その発声練習だけでひとつのアルバムができるんじゃないかと思うほど美しい声で、この世に存在しない妖精の楽器のようだと思った。

レコーディング本番で平原綾香さんは、久石さんの言うことを瞬時に汲み取り、妖

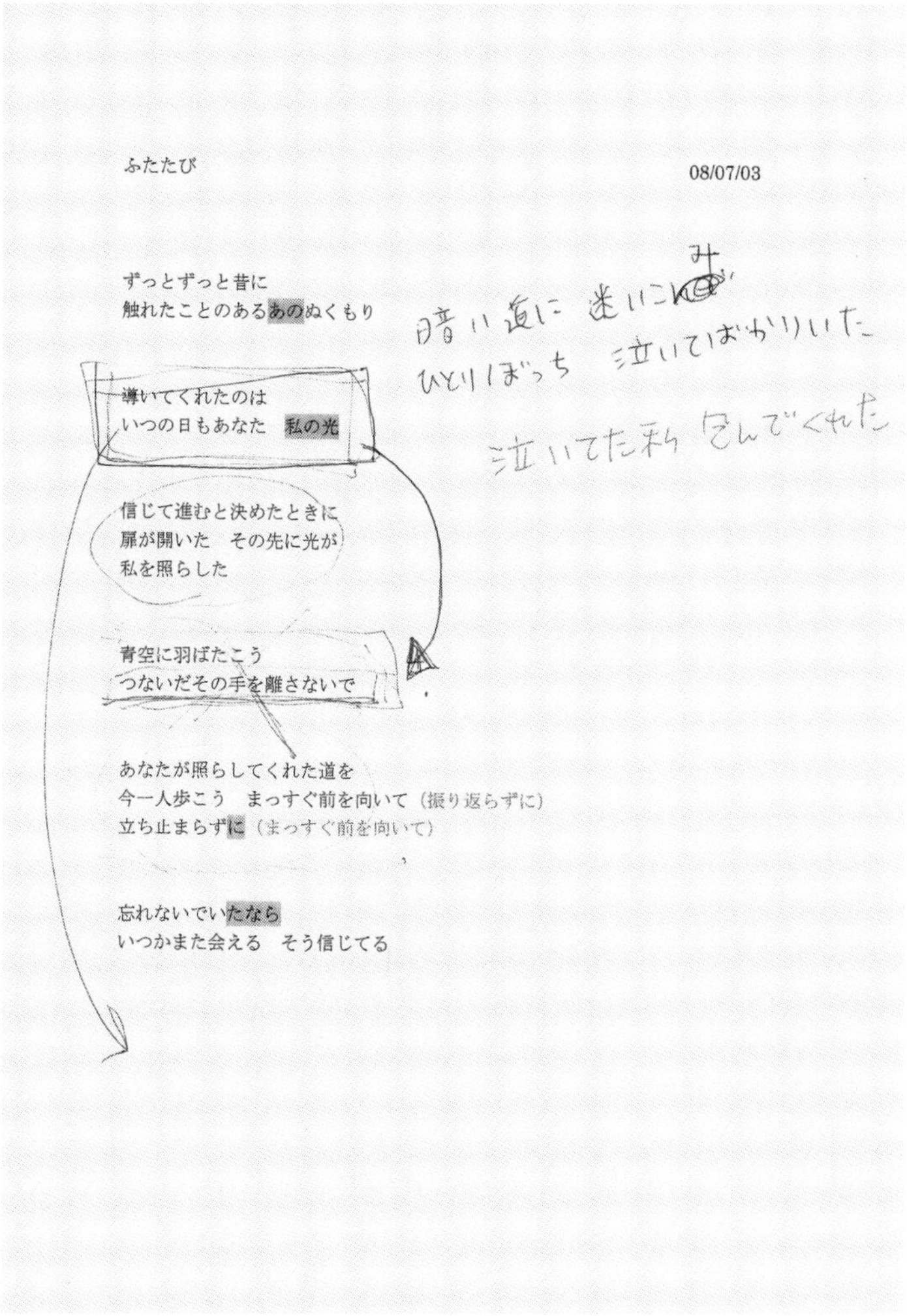

ふたたび　08/07/03

ずっとずっと昔に
触れたことのあるあのぬくもり

導いてくれたのは
いつの日もあなた　私の光

信じて進むと決めたときに
扉が開いた　その先に光が
私を照らした

青空に羽ばたこう
つないだその手を離さないで

あなたが照らしてくれた道を
今一人歩こう　まっすぐ前を向いて（振り返らずに）
立ち止まらずに（まっすぐ前を向いて）

忘れないでいたなら
いつかまた会える　そう信じてる

暗い道に　迷いこみ
ひとりぼっち　泣いてばかりいた

泣いてた私　包んでくれた

精の楽器を巧みに奏でていた。プロの歌手の方はこんなに何種類もの声を持っているんだと驚いた。

「『ひ』が違う。もっと強いけれど切なくもあるんだよ」なんて要求にも即座に対応し、何種類もの「ひ」を歌いこなしていたのだ。

そのたびに私は心の中で「すごい……一瞬で声が変わった。本当に切なくなった！」と声を出さんばかりだった。

ここにもまた一人、妖精の楽器を持つ音楽の神様がいたのだ。

二人の音楽の神様の競演は、この世のものとは思えない天国のような空間だった。

そして私はそれを、また幽体離脱して部屋の天井の隅からずっと見ていた。

# 名古屋の鬼ばばあ

私の二人の祖母はとても対照的だった。

母方の祖母はとてもおっとりしていて優しくて上品で、おばあちゃんというイメージにぴったりな人だった。おじいちゃんには敬語を使い、夫の一歩うしろを歩くような、つつましい昭和の女性の代名詞のような人だった。関東大震災のときに庭の大木につかまり地震がおさまるのを待ったというエピソードがあり、『風と共に去りぬ』のスカーレットみたいだと幼心に思っていた。それもあってか芯の強い女性というイメージがあった。

そんな祖母がガンを患い入院し、病室にお見舞いに行って顔がパンパンにむくんでいたのを見たとき、私は涙が止まらなくて親戚たちに病室から追い出されたのを覚えている。おばあちゃんの前では泣かないとみんなで約束してお見舞いに行ったのに、いつもニコニコあったかい笑顔で優しかったおばあちゃんが病室のベッドで変わり果てた姿になっているのを見たら、涙がこらえきれなかった。

その後、親戚の家で、家族で自宅介護をすることになったのだが、おばあちゃんは最後まで自分の下の世話を私たち孫には絶対にさせなかった。「孫に下の世話をしてもらうのは絶対に嫌だ。恥ずかしい」そんな恥じらいとプライドを最期まで貫いた、誇り高き人だった。

それに対して父方の祖母は、おばあちゃんというイメージとはほど遠い人だった。名古屋に住む祖母に初めて会ったのはいつの頃か記憶は曖昧《あいまい》だが、物心ついた小学生の頃の記憶では、おばあちゃんはとにかくいつもおじいちゃんの悪口を言っていた。「このクソじじい。○○で○○なくせにいつも私のことぶん殴りやがって」と、今考えると到底小学生に言うべきではない下ネタを交え、いつもおじいちゃんに悪態をついていた。

同じ空間にいたくないと言って、家では一階と二階で家庭内別居のような生活をして、家族で出かけたときも同じエレベーターに乗りたくないと言っておばあちゃんだけわざわざみんなと別にエスカレーターで上の階に上がったりして小競り合いをしていたのだが、私からするとその掛け合いが夫婦漫才を見ているようで面白かった。

おじいちゃんはとても優しくて、孫たちとよく遊んでくれた。名古屋の家にはピロという犬がいて、私は名古屋に遊びに行くといつもピロとおじいちゃんとお散歩に行っていた。おじいちゃんと一緒に手作りの凧を作り、ピロと一緒に大きな凧を追いかけて川辺を走った。

将棋を教えてくれたのもおじいちゃんだ。歩を覚えるのがやっとだった私は何度かおじいちゃんとの勝負に勝ってガッツポーズをしていたが、今思えばあれはおじいちゃんがわざと負けてくれたのだと思う。私はピロとおじいちゃんが大好きだった。

そんなおじいちゃんやピロを「クソジジイ！　汚い犬！　私は飼いたくなかった」と口汚くののしるおばあちゃんを私は鬼ばばあだと思っていた。おばあちゃんはおじいちゃんにぶん殴られたといつも訴えていたが、優しくて温厚なおじいちゃんがおばあちゃんをぶん殴ったことがあるなんて、私には信じられなかった。

そんなあるとき、いつもどんなに悪口を言われても苦笑いでひと言返すくらいだったおじいちゃんが言ったのだ。

「あれはお前が包丁を持って追いかけてきたからじゃないか」

それを聞いたとき、私は包丁を片手に鬼の形相でおじいちゃんを追いかけるおばあちゃんを想像して、やはり本物の鬼ばばあだと思った。おばあちゃんは「クワバラクワバラ」と言うのが口癖だったが、「こっちの台詞《せりふ》だよ！」と心の中で突っ込んでいた。

今まで被害者ぶっていつもおじいちゃんを悪者にしていたおばあちゃん。包丁の事実をばらされてどんな顔をしているのかチラッと見てみると、何事もなかったかのように涼しい顔をして悪口を続けていた。おじいちゃんの完敗だった。

私が中学生になると、アイドルの光GENJIが全盛期を迎え、ご多分に漏れず私も光GENJIの諸星くんが好きだった。

そんなさなか、名古屋に行くとおばあちゃんが「光GENJIのなんとかって人のこと、事務所に電話して聞いておいたから」とわけのわからないことを言ってきた。よくよく聞いてみると、私の結婚相手にふさわしいかどうかジャニーズ事務所に電話をして聞いたと言うのだ。結婚とかそんなんじゃなくてただのファンだといくら説明しても、おばあちゃんはまったく理解してくれなかった。おばあちゃんは思い立つとすぐ行動にうつすのだ。ジャニーズ事務所も忙しいのに大迷惑だ。

スペックの高い男性と結婚して、たくさんの着物を桐箪笥《きりだんす》に入れてお嫁に行く。それがおばあちゃんにとって確固たる女の幸せの形だった。

「私はおじいちゃんがいい会社に勤めてたから結婚したんだ。浮気ばっかりしてろくでもない男だった。騙された！」といつも言っていたので、スペックの高い男性と結婚をしても必ずしも幸せではないといういい例が目の前にあるなと思いながら聞いていた。

ところでそのおじいちゃんの浮気は本当だったらしいのだが、その後おばあちゃんはおじいちゃんの会社に怒鳴り込んで不倫を暴露して、おじいちゃんに会社を辞めさせたらしい。

ハイスペックをなくしてしまっては本末転倒だと思うが、やはりおばあちゃんはおじいちゃんのことが好きだったんだなと思った。好きじゃなかったら浮気なんてどうでもよかったはずだ。会社を辞めさせるほど怒るなんて愛している証拠だ。

それにしてもその時代にそんなことをするなんて、やはりおばあちゃんはクレイジーだ。

ここでもおじいちゃんは完敗したのだった。

そんなおばあちゃんは、手紙を書くのがとても上手だった。誕生日やクリスマスには品のいいお洋服のプレゼントとともに、達筆で礼儀正しい素敵な文の手紙をくれた。その頃、私たちが名古屋に遊びに行っても「孫とご飯なんて面倒くさい」と言っておばあちゃんは来なかったのだが、手紙の中のおばあちゃんはとても優しくて孫想いの、いわゆる普通のおばあちゃんだった。あまりに実際のイメージとは結びつかないので、私はゴーストライターでもいるんじゃないかと思っていた。

ある日おばあちゃんからの手紙の差出人が違う名前に変わっていたことがあった。「ゴーストライターが自分の名前を書いてしまったのか？」と思ったが、おばあちゃんに聞くと「私の名前、古くさいから変えたの」と言っていた。

おばあちゃんらしい。古くて気に入らないものは容赦なく捨てる。変えたいときに自由に名前も変える、それがおばあちゃんだ。数年後、またしれっと元の名前に戻っていたときは笑った。

八〇歳になったとき、高齢のおじいちゃんを一人名古屋に残し、おばあちゃんが東京にやってきた。足腰が悪くて歩けなくなったからというのが上京の理由だった。

しかし恵比寿にやってきたおばあちゃんは元気そのもの、家の近所にデパートがあると大喜びして毎日アトレに天ぷらを食べに行っていた。その天ぷら屋さんの店員さんと仲良くなり、ご飯を食べに行ったり歌舞伎に行ったりと人生を謳歌していて、名古屋に帰りたいと口にすることも一度もなかった。東京に住んでみたら名古屋が恋しくなるんじゃないかという家族の心配は杞憂に終わった。

それから一年くらい遅れて、おじいちゃんがガンを患い、恵比寿の同じマンションに引っ越してくることになった。おじいちゃんと同じ部屋は絶対嫌だとおばあちゃんが言うので、同じマンションの違う部屋に越してきた。その頃からおばあちゃんのおじいちゃんに対する呼び名は「クソジジイ」から「ガンジジイ」に変わっていた。なんてひどいネーミングだ。

でもなんて面白いネーミングだとも思った。ガンを患ったという悲しい事実を吹き飛ばす破壊力だ。しんみりしない、ウジウジ悲しんでいても仕方ない。そんなおばあちゃんのたくましさは私たちを少し元気にしてくれた。

たくましいおばあちゃんのエピソードがもうひとつある。3・11の地震が起きたときだ。私は主人と家にいたのだが、当時同じマンションの一〇階に住んでいたおばあちゃんが心配だったので見に行くことにした。

一〇階はすごく揺れたようでおばあちゃんは床に転んでいた。そのおばあちゃんを主人がおぶって、階段を降りて私たちの部屋まで連れて来た。おばあちゃんはすれ違う近所の人に「コワイコワイ!」と叫んでいて、そのたびに優しくなぐさめられていた。さすがのおばあちゃんも地震は恐いんだと思って、細心の注意で部屋まで運んだ。

おばあちゃんを部屋に座らせて私は動揺して部屋の中をウロウロしつつ、「おばあちゃん、大丈夫だよ。恐がらないで落ち着いてね」と何度も声をかけた。

おばあちゃんはさっきとは打って変わって落ち着いていて、「あんたこんなの恐いの? 私全然恐くない。あんた恐がりだね」と冷めた口調で言ってきて、私は言葉を失った。さっきは人前であんなに恐がっていたのに! 優しくしてもらうための演技だったのだ。

「地震なんてどうにもならんのだから恐がるのやめて座りなさい」と言われ、私は自分が騒いでいるのがアホらしくなり、素直に座った。

このおばあちゃんといれば安心だ。なににも動じていない。なんかあったらおばあちゃんを盾にして逃げようと密かに思ったら、不思議と恐怖も消えた。緊迫した空気が一瞬にしてゆるやかな笑いに包まれた。

やはりおばあちゃんはたくましい。いつも安心感を与えてくれるのだ。


おばあちゃんのそんなたくましさは父にも受け継がれている。

以前、母方の祖父が亡くなったときのことだ。

お通夜でしんみり泣いている家族の前で、父が祖父の似顔絵をたくさん描き始めたのだ。その似顔絵はつるピカにハゲていて、ご丁寧に「ハゲ」と各所に文字が書かれていた。父はその似顔絵を家じゅうに貼ったのだ。

生前から父は、義父である祖父に対して「ハゲのおじいちゃん」なんて失礼なことを平気で言っていた。どちらかというと堅物の祖父だったが、そんなときだけ「うるさい敏夫！　バカ！」と怒鳴りながら頬をゆるめていたのだ。部屋中に貼ってある似顔絵を見て家族はそんな日々を思い出し、悲しい日に涙しながらもクスッとする瞬間がたくさんあった。

そしてその後お坊さんが来て、みんな正座をしながら静かに目をつぶりお坊さんのお経を聞いているとき、お経の声をかき消すくらいの大きなイビキが部屋中に響いた。あぐらをかきながら目をつぶっていた父が身体を上下に揺らして寝ていたのだ。神妙な空気の中、単調に響くお経の声と父のイビキのハーモニーがシュールすぎて、みんな笑いをこらえるのが大変だった。一人が噴き出してしまったらあとは連鎖的に吹き出す人が続出した。目の前には「ハゲ」と書いてある似顔絵。お通夜は一変して笑いをこらえる我慢大会のようになった。さっきまでみんな号泣していたのに。まるでコメディ映画のような光景だった。

最も悲しい日だったその日は、あまりにも笑えたお通夜として家族の中で語り継がれている。父にはどんなときもまわりを楽しい空気に変えてしまうパワーがある。それはおばあちゃんから受け継いだものだと思う。

さて、上京して恵比寿のマンションに越してきたおじいちゃんだが、その部屋に住むこともなくそのまま入院生活に入った。私はおじいちゃんに会いによくお見舞いに行っていた。

そのときにおじいちゃんが、「あいつは一回もお見舞いに来ない。着替えもないから全部買ってる」と愚痴っていた。

おばあちゃんに「なんでお見舞いに行かないの？」と聞くと、「気持ち悪いガンジジイ、ガンがうつる」とまたひどいことを言っていた。一生行きそうになかったので差し入れは他の家族ですることにした。のちに、おじいちゃんが父に対して、おばあちゃんが上京したことを「お前がおばあちゃんを盗んだ」と言っていたと聞いて驚いた。

おじいちゃんにとっておばあちゃんは一緒にいたい存在だったのだろうか。おじいちゃんが上京して入院したらお見舞いに来て、かいがいしく世話をしてくれると思っていたのだろうか。そうだとしたらおじいちゃんの希望はことごとく打ち砕かれたことになる。同情を禁じ得ないとともに、やはりこの二人は夫婦漫才のようだと思って密かに笑った。

闘病生活を明るく頑張っていたおじいちゃん。まだまだ生きたい、死にたくないと言っていたが、おじいちゃんは東京に来て数カ月で旅立ってしまった。入院ばかりしていて、父と同じ恵比寿のマンションに住むことはほぼ叶わなかった。

おじいちゃんの最期に立ち会うときに、さすがにおばあちゃんを連れて行かなきゃと思って連れて行ったが、おばあちゃんは最後までおじいちゃんの病室には入らなかった。「恐い。またぶん殴られる」と最後の最後まで被害者ぶっていて、「見たくない。死んだ人なんて気持ち悪い」と衝撃の発言をしていた。

実は父の妹は三〇歳くらいでこの世を去っている。白血病だったそうだ。おばあちゃんからすると長女にあたる。

彼女のことを思い出してつらいのかなと思ったこともあったが、「あの子はジジイにそっくりでジジイの味方ばかりして嫌いだった」と死人に鞭打つ台詞を繰り出していた。その彼女の写真を見つけておばあちゃんに見せに行ったときも、「気持ち悪い。見たくない。捨てて」と言っていてさすがに驚いた。こんな親っているんだろうか。

そして極めつけはおじいちゃんのお通夜の準備をしているときだ。葬儀屋さんに「この写真見たくないから捨てて。持って帰って」と大騒ぎをして、葬儀屋さんが断ると、「じゃあ裏返しにして。気持ち悪くて見たくない」と言い放った。

おじいちゃんのお通夜はまさかの遺影裏返しで執り行われることになった。

こんなお通夜ってあるの？

ドン引きしながらも面白かった。おばあちゃんは徹底している。どんなときも一貫しておばあちゃんだ。こんな悲しいシーンでもおばあちゃんはひとつも変わらない。涙も流さなければ、おじいちゃんへの悪口も止まらない。

焼かれたお骨にまで悪態をついているおばあちゃんを見て、私はまた夫婦漫才みたいだと思った。


おじいちゃんが死んでからというもの、おばあちゃんはみるみる元気がなくなり……ということもまったくなく、相変わらず近所の人とすぐに仲良くなって出かけてばかりいた。

おばあちゃんは、外面は抜群によくて人懐っこいので人に好かれる。まったくの他人にも平気で話しかけて仲良くなる。そこで家族の悪口を言いまくり同情を買うのだ。

一度、父と私とおばあちゃんで散歩に行ったときのことだ。

「林試《りんし》の森公園」の道を歩いていたらおばあちゃんが、「疲れた。歩きたくない。帰りたい」と大騒ぎしだした。運動することも大事なので「あそこまで行ってみよう」と目標を決めてゆっくり歩いていた。そうするとおばあちゃんは木の根っこを見つけ、その上に座って動かなくなってしまった。父はずいぶん先を歩いていたので、私はおばあちゃんにちょっと待っててねと言って父を追った。

帰ってくるとおばあちゃんのまわりに人だかりができていた。

孫にいじめられていると泣きそうな顔で演説していたのだ。なんたる心外！　いじめてなんかない！

「すいません、祖母こういう人なんです」と爽やかな笑顔で入っていったが、まわりの人の私を見る目は冷ややかだった。一体何を言ったのだろう？　自分に注目を集めて同情を買うためには火のないところに煙を立てるから厄介だ。

涙ぐんだかわいそうな老人相手では勝ち目はない。私の完敗だった。

そんな嘘は母とおばあちゃんの間でも起きていた。母は本当によくここまでやるなというくらいかいがいしくおばあちゃんの世話をしていたのだが、おばあちゃんはことあるごとに母の悪い噂を流すのだ。自分がかわいそうなおばあちゃんだと思われるために、母を悪者にするのだ。母はそれに「キーッ!」となって怒っていた。

母は人に何かをしてあげるのが大好きなのだが、おばあちゃんはそれをことごとく仇で返した。

おばあちゃんが喜びそうというプレゼントを買っていっても、「なにこれ。こんなもんいらん」と一蹴するのだ。

母は「普通あんな態度する?」と怒っていたが、おばあちゃんは普通じゃないのだ。普通を求めるほうが間違っている。


元気すぎるくらい元気だったおばあちゃんも年を追うごとにさすがに足腰が弱ってきて、介護生活が始まった。介護生活というと過酷なものというイメージがあったのだが、母を中心にたくさんの人で介護をしたこともあり、たまに手伝うくらいの私にとってはそんなに大変なものではなかった。

ただ、機嫌が悪いときのおばあちゃんは最悪だった。オムツをはかせようとすると抵抗し、杖で思い切り何度も叩いてくるのだ。腕をつかまれて爪を立てられてひっかかれたこともある。母は何度もそれをやられ、生傷が絶えなかった。

もしこれが大好きな優しいおばあちゃんだったらそんな姿を見て私もすごくショックを受けたかもしれない。でも相手は鬼ばばあだ。どんな姿を見ても驚かない。振りかざしてくる杖をつかんで片手でさっとオムツを脱がせて、抵抗も無視してオムツをはかせた。「あんたみたいなひどい孫は見たことない！　か弱い年寄りをいじめて！」と悪態をついてきたがへっちゃらだ。「か弱い年寄り？　どこにいるの？」と笑ってさっさと事を進めた。

ときには泣き落としをしてくることもあった。「身体がしんどくてしんどくて着替えるだけで死んでしまうかもしれない」なんて大げさに泣き真似をしていたが、「うんうん。そうなったら立派なお葬式してあげるね。ところでその日はいつ？」と言いながらオムツをはかせた。おばあちゃんは悔しそうな顔でいつまでも悪態をついていた。「それだけ人の悪口が言えるのは元気な証拠だよ」これは家族皆が毎日のように何度もおばあちゃんに言った言葉だ。

介護は、元気だった人がどんどん弱っていって、ときには攻撃的になるのを見なければいけないので、つらいものだ。おばあちゃんは私たちをそんな気持ちにさせなかった。身体は弱っていっていたと思うが、攻撃してくる力はすごく強かったし、口はいつまでも達者すぎるくらいだった。「最近特に攻撃的だけど昔からそうだったから歳のせいなのか性格なのかよく分からないね」とよく家族で話していた。

そういう意味では、おばあちゃんは最後まで変わらず、対等に戦えるおばあちゃんだった。それは家族にとって救いだったのだ。

おばあちゃんが亡くなったのは、床ずれがひどくなって入院していた先の病院だった。享年九二。大往生だ。

数日前までは元気で、お見舞いに行った私たちと普通に話していて前日も父と散歩に行ったりしていたので、突然のことだった。死に目には遭えず、私たちが到着した時にはもう息を引き取っていた。

病院に駆け付けた母と私の友人は、おばあちゃんの亡骸《なきがら》にしがみついて、「おばあちゃん！」と号泣していた。それを見ていた私はなんだかとてもおかしくなってしまった。

あんなに悪行を繰り返して来たおばあちゃんが死んだ途端に普通のおばあちゃんのように皆に悲しまれて泣かれるなんておかしいじゃないか。なんだかおばあちゃんがしめたもんだとそこで舌を出して笑っているような気がした。

「そうはいくか！」と思った私は思い切り高笑いをしてやった。母や友人は驚いて「何笑ってるの？　おかしいんじゃない？」と言っていたが、おじいちゃんが亡くなったときに涙ひとつ見せず、「気持ち悪いから遺影を持って帰って」と言い放ったおばあちゃんに、涙の別れなんて似合わない。「やっとくたばったか！　ははははは！」と笑われて逝くのがお似合いだ。

「チクショー！」とそこで悔しがっているおばあちゃんが見えた気がして、私はもっと声をあげて笑った。父はそんな私を見て、「まめは本当に薄情だな！」と笑っていた。それでこそ鈴木家なのだ。

そんなおばあちゃんとの別れのあと、私の生活は特に変わらなかった。最後のほうのおばあちゃんは口数も少なく、夕飯どきもただそこに座っているだけなので、私は密かに「半分死んでいる」と思っていた。なので死んでからもそこにいるようないような、今までとあまり変わらない存在感だったのだ。

その頃はよく子どもたちを連れて仏壇のある一〇階のおばあちゃんのお部屋にお線香をあげに行っていた。お線香をあげて、おりんをチーンと鳴らして正座をして祈るのが、子どもたちにとっては楽しい遊びだった。

ある日いつものようにお線香をあげたら子どもたちが先に帰ってしまい、私は部屋で一人帰り支度をしていた。

おばあちゃんはいつも仏壇の前に座ってお経を読んでいた。信心深いようにはとても思えないおばあちゃんだったが、仏様をとても大事にしていた。ふと仏壇の引き出しを開いてみると、その中にはおじいちゃんや長女、長男である父がうつる家族の写真が入っていた。

あんなに気持ち悪いと拒否していたのに本当はこんなに大事に写真を持っていたん

だなと思い、おばあちゃんの違う一面を見た気がして少ししんみりした気持ちになった。鈴木家は傍《はた》から見ると特殊な家族だったが、そこには他人にはわからない絆があったのかもしれない。

なんとなく私もたまにはお線香をあげようかなと思い、遺影の前に正座してお線香に火をつけた。不思議なもので、遺影の前に座ってお線香なんてあげていると話しかけてみたくなる。

私は、人は死んだら無になると思っているので普段はそんなことはしないのだが、いつもの子どもたちを真似て、「おばあちゃん、元気にしてるの？」なんて話しかけてみた。

「おばあちゃんが死んだときママ泣いてたね。本当おひとよしだよね、ママは。おばあちゃんはそれ見て笑ってたんじゃない？」なんて言いながらおばあちゃんとの日々を思い出す。はちゃめちゃだったおばあちゃんとのはちゃめちゃな想い出。何度も何度もひどいと思ったこと、ムカつくと思ったこと、いくら思い返してもいい想い出なんてありゃしない。

「本当とんでもない人だったね、おばあちゃんは」と苦笑した次の瞬間、自分でも驚くほど、とめどなく涙があふれてきた。なんで泣いているのか自分でもわからなかった。

数えきれないくらいのひどい想い出と、今なおその部屋に充満したおばあちゃんの存在感の大きさ。もういないのにいつもいるような気がするおばあちゃん。でも本当は、もう本当にいないのかもしれない。いつでも憎まれ口を言ってくるおばあちゃんが、今はもう何も言ってこないのだ。

憎まれっ子世に憚《はばか》ると言うじゃないか。おばあちゃんはずっと憚るのがお似合いなのに。

そんなおばあちゃんがもういないの？　こんなに存在感があるのに？

静かな部屋で、私は初めておばあちゃんの死に直面したような気がした。

そして私は鬼ばばあのおばあちゃんが好きだったことに気づいた。大変な介護も、死別さえも罪悪感を持たず笑い飛ばさせてくれるおばあちゃん。どんなときも変わらず、たくましく、憎たらしく、強かった。おばあちゃんといると、恐がったり悲しんだり悩んだりしている自分がアホらしくなり、いつの間にか私は、「おばあちゃんならこんなこと笑い飛ばすだろうな」と考えながら生きるようになっていた。

無駄なことは考えない、人に迷惑かけるのも嫌な思いをさせるのも気にしない、ただ自分の思うままに我慢せず、自分が楽なように楽しく生きる。おばあちゃんは誰よりも自分自身に忠実だった。そんなおばあちゃんのぶれない生き方は、今思えばとても潔くてかっこいいように思えた。

今頃おばあちゃんは、「ほれ見ろ」と笑っているのだろうか。


私には対照的な二人の祖母がいた。

一人は孫想いの優しく上品なおばあちゃん。もう一人は自分勝手で悪態ばかりついているうるさい名古屋の鬼ばばあ。

優しいおばあちゃんの血を受け継いだ上品な女性になれたらよかったのだが、どうやら私は名古屋の鬼ばばあの血を色濃く受け継いでいる。現実主義で強メンタル、何より自分自身に忠実に生きたいと思うし、息子にもそうなってほしい。

母には、「おばあちゃんにそっくりね！」といつも悪口を言われるが、褒め言葉だと思っている。名古屋の鬼ばばあは死してもなお私の心に大きな存在感を残し、ことあるごとにうるさく口を出してくる。今ではそれが私の生きる指標になっている気がしてならない。

結局いつまでも私はおばあちゃんに完敗するのだった。

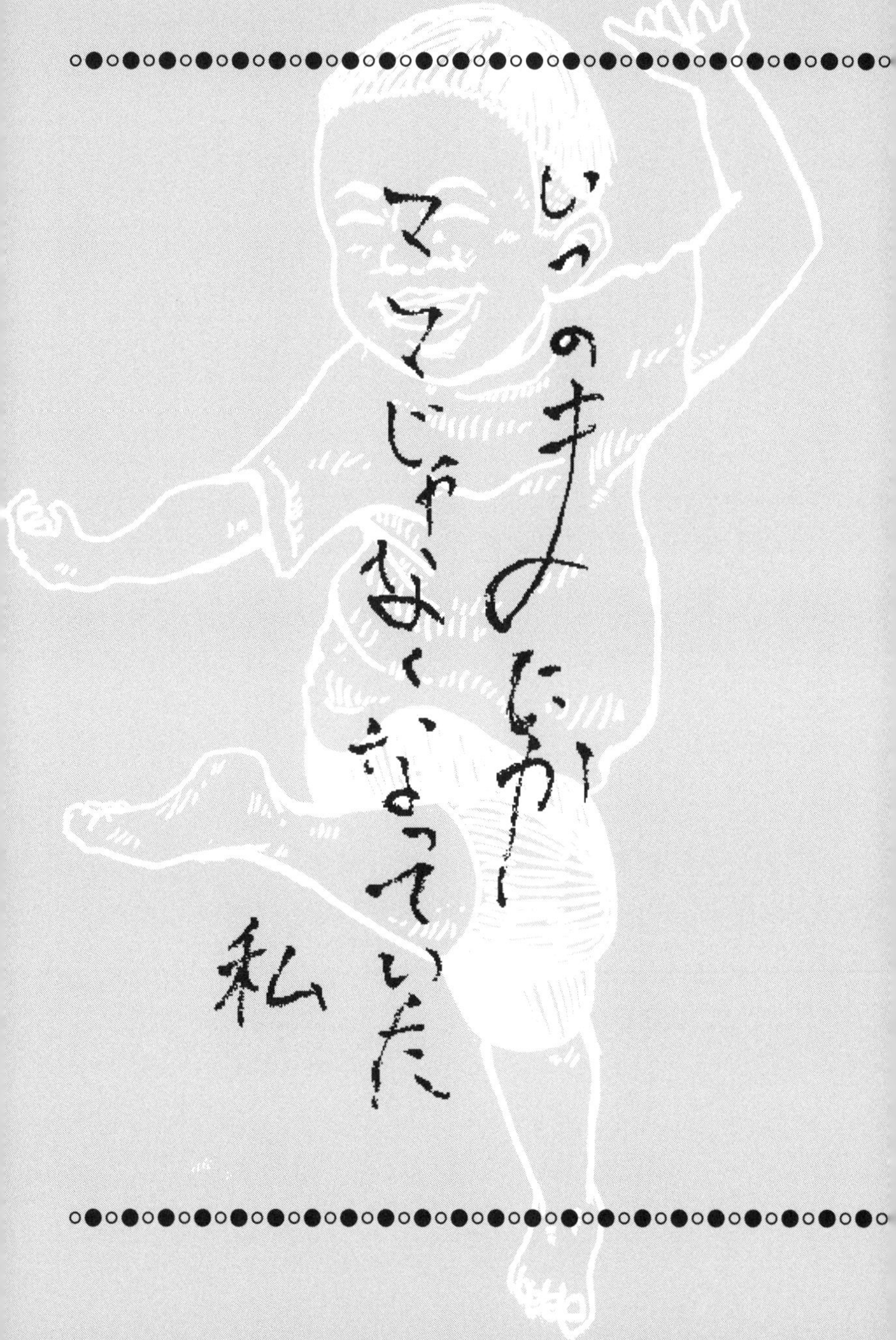

# いつのまにか ママじゃなくなっていた 私

もうすぐ一一歳になる息子が最近冷たい。

恐がりで甘えん坊の息子は就寝のときに私が隣にいないと眠りにつけなかったのだが、最近は「今日一人で寝るからあっちの部屋行って」なんて言ってくる。

ついに来たか。恐れていたそのときが来たのだ。ラブラブの蜜月期の終焉の始まりだ。これから先は思春期突入にまっしぐらだ。


母親になることが決まった瞬間から、乗り越えなければいけないとほぼ決定する恐ろしいことが二つある。

一つ目は想像を絶する痛みを伴うという噂の出産だ。妊娠した瞬間からその不安と恐怖と闘っていかなければいけない。降りることのできない超絶恐いジェットコースターに乗せられたような気分になったあの瞬間は今もまだ忘れることができない。

出産の体験は、聞きしに勝る壮絶体験で、人生でこれ以上つらいことなんてないんじゃないかと思えるほどだった。実際、あれ以上の身体的痛みを感じることはないのではないかと今も思っている。

そして二つ目。私が今まさに直面しようとしている恐ろしいこと。単純に言えば「親離れ」という言葉が適切なのだろうが、私は我が子が息子なこともあり、同じ息子を持つ友人たちと「人生最大の失恋」と呼んでいる。自分の身がどうなってもいいくらい愛してやまない男と、人生で体験したことのないほどの絆で結ばれ、人生で一番必要とされて甘えられて、そして、捨てられる。

捨てられるとはあまりに語弊がある表現なことは百も承知だ。彼らは当たり前の成長の過程で親離れをしていくに過ぎない。むしろそれがなかったら逆に心配になることだろう。しかし私は友人間でこれを「失恋」と称し、「捨てられる」と話している。だってあまりにもつらい現実だ。人生でこんなに誰かを愛しいと思うことなんて後にも先にもないだろうと思う相手と、もう二度と手を触れることさえできなくなると決まっているのだ。しかもすぐそこにいるのに。

これは相手が目の前から消えてしまう韓国ドラマの『トッケビ』や『愛の不時着』をも超える、涙なしには語れない切ない脚本じゃないだろうか。ずっと自分の側にいてくれることを決して望んではいけないなんて、現実と霊界、韓国と北朝鮮の距離にも勝る断絶じゃないだろうか。

以前男女のきょうだいを持つ友人が言った言葉がある。「娘は一生の親友。息子は将来のお嫁さんからの借り物」だから息子とは一定の距離を置いて、依存しないようにしているとその友人は言った。

その言葉を聞いたときの私は結婚すらしていなかったので、近い将来の自分であろうお嫁さんの立場からその言葉を受け止め「素晴らしいね！　子離れできてない姑さんだとお嫁さんが大変だもんね」なんて軽く応えていた。

しかしいざ母親になった立場で受け止めるその言葉は、なんて重い言葉だろうか。産まれた瞬間から別の女のものになるだろうと決まっている男と過ごす幸せすぎる毎日とその喪失。これほどの苦難があるだろうか。

しかし母親は皆この苦難を乗り越えなければならない。私の「人生最大の失恋」が、息子の成長、その先の幸せに繋がるのだ。そのためには母親は耐えるしかないのだ。だから私はいつでも覚悟をしている。

息子は借りものなのだ。「あっちの部屋行って」から始まり、そのうち寝室も分けることになり、「僕の部屋に入らないで」と言われ、「今日学校で何があった？」と聞くことすら許されない日々が始まるのだ。「あっちの部屋行って」から「うるせーばばあ」までは最短でどれくらいの日数なのだろう。

そんなことをモヤモヤ考えながら、息子から寝室を追い出され、リビングで韓国ドラマを見ていたある日。

息子が何度も「トイレ」と言ってリビングを通り過ぎた。時計を見るともう二三時を回っている。トイレに行ったり水を飲みに来たり、三回ほど通り過ぎたあとで、「やっぱり一人じゃ恐いのかな？」と思い、寝室に行ってみた。

「眠れないの？　恐い？」と言っても、布団にくるまって何も答えない息子。モゾモゾ起きている気配はする。「ママ隣にいようか？」と声をかけると「いい……」と低い声。どうやらいつもと様子が違う。「どうした？　なんかあった？」と聞いても「別に……」と答える。なんだかいつもより話口調が冷淡だ。「なんか機嫌悪いの？」と聞くと「機嫌悪いわけじゃない。絶対に」と強い口調で答えてきた。いよいよこれはおかしいと思い、布団をひきはがした。

話し合いをするときは必ず手で触れ合える距離で話すのがうちのルールなので「とりあえず近くにおいで。なんかあるならちゃんと話そう」というと、息子がのそのそと起きてきてちょこんと隣に座った。なんかあったのかと聞いても何もないと言い張る息子。やはりじゃあこれは親離れの一種で、冷淡に見えるけれどこれが私たち親子のスタンダードになっていくんだろうなと受け止めた。

「今は話そうって言うと隣に来てくれるけど、そのうち隣にも来てくれなくなるのかな。それっていつ頃なんだろう。最近一人で眠るようになったしね」と私がしみじみつぶやくと、「最近ママがママじゃなくなったような気がするんだもん」と息子がポツリ。

……え？　今なんて言った？

私はとても驚いて、息子が何を言っているのかわからなかった。息子の両頬を手で覆い「どういう意味？　どんなところがママじゃなくなった気がするの？」と目を見て聞くと「最近怒ってばっかりでいつもの優しいママがいなくなっちゃったみたいな気がする」と言われた。私はあまりの衝撃にしばらく時が止まってしまった。

私は日々少しずつ息子を喪失していっているような気がしてた。それは「成長」と言う名の幼児期の喪失で、自然なことだから受け入れなければいけないと思っていた。借りものの息子を誰かに渡す準備に入らなければいけないと思っていた。だからその日のために厳しくしつけをしなければと思ったり、子離れをするために自分でなんでもやらせてそっけない態度を取っていた。

しかし息子は息子でママを喪失していくのを感じていたのだ。私たちはお互いに同じことを感じていたのだ。

息子の言葉を受けて、最近の自分を思い出す。

たしかに怒ることが多くなった。もう一一歳になるのだから今までよりも厳しく言わなきゃいけないと思っていたし、親離れが始まっている息子を静観して見守らなければいけないと思って突き放すような態度も取っていた。その私の態度が息子にこんなことを感じさせていたなんて。ショックだった。

イタズラ好きの息子は、よく家の中で隠れたり驚かそうとしたりする。小さい頃はそこに息子がいるのがわかっていても「あれ？　どこにいるのー？」と大声をあげて探すふりをしていた。

でも息子が大きくなってからは、私はそれを反抗と感じ、私を困らせるためにやっているんだと思い、怒ってばかりいた。同時に、私を置いてどこかに行ってしまう息子にさみしさを感じて「ついに捨てられるのか」と焦燥感を感じ、それを怒りとして息子にぶつけていた。

私と息子は同じシチュエーションをまったく別の観点から見ていたのだ。息子はただ、幼いときと同じように、私を驚かせて一緒に笑いたかっただけなのだ。私は息子が大人になるのを恐れるあまり、大人になってきたんだと決めつけて一人でさみしがって八つ当たりをしていただけだったのだ。

いつも甘えさせてあげていたママである私が、いつのまにか大人のように見える息子に甘えてしまっていたのだ。

私はひどくショックを受け、その場で何も言えずにうつむいた。それを見た息子は私を抱きしめて背中をポンポンと叩いてくれた。

そういえば最近はこんなことが多い。私が怒り、落ち込み、息子が慰めてくれる。

私はそれに甘えきって、息子がまだ子どもでいたいことなどこれっぽっちも気づかなかったのだ。

それから私は息子と向き合い、手を繋ぎながら話をした。「あなたはまだ子どもでいたかったんだね。反抗して逃げてたんじゃなくて、前みたいにイタズラして驚かせたかっただけなんだね。いつも怒ってごめんね」そういうと息子は顔をくしゃくしゃにして小さい子どものように泣き出した。

私は自分の中の固定観念に囚《とら》われ、勝手に自分で結論を出し、いつの間にかママじゃなくなっていた。あとどれくらいあるかわからない蜜月期を失うのが恐くて、捨てられる前に自ら手放してしまおうとしていたことに気づいた。

私はまだ、息子の中ではたくさん甘えさせてくれてかまってほしいママだったのだ。それに気づくことのできたその日は、久しぶりに息子の手を握って隣で寝た。安心したのか息子はすぐに寝息を立てていた。

まだまだ子どもなのだ。それは少し心配であると同時に、私にとても安らぎをくれた。まだ私はママでいていいのだ。

甘えたいだけ甘えさせてあげよう。いつかは本当にきてしまう親離れのそのときまで、いつもの優しいママでいさせてほしい。

それでいいと気づけたことがとても、嬉しかった。

これを書いたのは実は一年前だ。息子はもう一一歳になっている。

その後、私たちの親子の関係はどうなったのかというと、すっかり親離れが完了している。息子を産んだそのときからあんなに恐れていた親離れ。気づけばいつの間にか、ごく自然に、少しずつ息子は自分の世界を持っていった。

思えば息子が小五（一〇歳）になった最初の学校での個人面談のときに、担任の先生に言われたのだ。

「彼は今とても幼くてかわいい。でもこれはあと一年です。一年後には驚くほど成長して大人になります。あと一年、今のかわいらしい息子さんとの時間を精一杯楽しんでください。」

私はそれを聞いたときに「うちの子に限ってそんなわけない」と思ったのだ。

まわりの同級生に比べて身体も小さく、遊び方も幼くて、なにより甘えん坊だった息子がたった一年でそんなに変わるなんて、そのときの私には想像もつかなかった。

でもこの一年、まわりの友達を超すくらい身長が伸びて、私より足のサイズが大きくなり、家に帰ると「向こうの部屋でゲームしてくる」とさっさとリビングを出るようになり、一緒に外食に行こうと誘っても「家で一人でTV見ながら食べる」と一人の行動を好むようになった。夜も何も言わずともお風呂に入り、歯磨きをして、勝手に寝室に行って就寝する。ずっと私がついていなきゃ何もしなかった一年前には考えられなかったことだ。

受け入れざるをえなかった。息子はもう私がいないと何もできない幼い子どもではなくなったのだ。もう私と手を繋いで私の胸で泣きじゃくることも一生ないのかもしれない。そう思うと少し、いや、だいぶさみしいが、もうそのときは来てしまったのだ。

では、私はママじゃなくなってしまったのかというと、そんなことはなかった。

今までは一心同体で一直線を二人で歩いていたのだが、今は二つの直線を別々に歩いている。たまにその直線は波うち、交わるときがあるのだ。

学校の話、塾の話、友達の話、前は心配でしょうがなくてなんでも知りたくて聞いていたのだが、今は興味本位のような軽い気持ちで聞いている。

私は私で自分の世界を持つ時間が増え、仕事や遊びに集中して、息子のことを考えなくなる時間も増えてきた。以前は寝ても覚めても息子のことを考えていたのに、不思議な感覚だ。

息子が産まれたとき「もう自分の人生を生きなくていいんだ」と嬉しかった。自分のことを考えて生きるのは面倒くさかったからだ。息子のことを最優先に考えて選択していけばいい毎日は楽だった。それは依存だったかもしれない。

そんな息子が親離れをしたら心にぽっかり穴があくと思っていたし、また自分の人生を生きなきゃいけないのが面倒くさかった。

しかし実際に自分の人生を生きてみると、大人になった自分の人生は新しい出会いに溢《あふ》れ、想像していた以上に楽しかった。この一〇年で私も変わったのかもしれない。

たまに交わる。息子とのそんな関係が心地いいと感じられるようになってきた。息子の親離れは、恐れていた人生最大の失恋ではなかった。息子はごく自然にゆっくりと成長して、自分の世界を持っていった。

それはある日突然「もう会えない」と告げられて置いてきぼりにされる失恋とはまったく違うもので、一緒に突っ走ってきたスピードがゆるやかになり、ゆらゆらとつかず離れずの心地いい時間に変わっていくことだった。

そこにはしっかりと親子の絆があり、決して捨てられるというようなものではなかった。息子が心から助けを求めるとき、必ず私に相談してくれる。相談してこないときは自分で解決できるときなのだ。

今ではそんなふうに、息子をひとりの、一人前の人間として信頼できるようになった。息子の成長にともない、私も成長する。思えばずっとそんなふうにやってきたことを思い出した。

# おわりに

今回、父に友達やサロンメンバーの似顔絵を描いてもらい、サロンメンバーに挿絵や題字を書いてもらった。みんなで出す一冊、私にはその思いが強かったからだ。何らかの形でみんなに関わってもらい、みんなの想い出の一冊にしたかった。

でも、内輪ノリの本になってしまうのではというのが、ひとつの懸念だった。内輪だけで盛り上がって読者が置いてきぼりを感じるような本にはしたくない。

しかし、私は思ったのだ。

私にとって内輪はどこまでか、それは際限なく広がっていくものなんじゃないか。私の連載を読んでくれたみなさん、この本を手にとってくれたみなさんも、私にとっては鈴木Pファミリーの一員に入ってもらっているような気持ちで、すでに内輪の人たちなのだ。

いつか、この本を読んでくれているあなたたちに会いたい。

恵比寿に来て、私の手料理を食べて、初対面同士もごちゃまぜになって、初めて会った誰かのお誕生日を一緒に祝いたい。

いつかそんな日が来るような気がしているのだ。

私の鈴木家の箱はこれからもそんなふうに、ずっとにぎやかでたくさんの人が集まる場所でありたい。

そして私は一生その箱を持ち続けていたい。

鈴木麻実子

初　出

ｗｅｂちくま　二〇二二年一〇月～二〇二三年九月

「名古屋の鬼ばばあ」は、「鈴木敏夫とジブリ展」の来場者特典として書かれたものを、ｗｅｂちくまに転載しました。

「いつのまにかママじゃなくなっていた私」は、書きおろしです。

| 題名 | 挿絵 | 題字 |
| --- | --- | --- |
| 鈴木家の箱（扉） | 北野慶 | 鈴木敏夫 |
| 鈴木家の箱 | 新井美穂 | 中郷智 |
| カントリー・ロードが生まれた日 | 野口智代／清水慶子 | 竹森郁 |
| 緑ばばあとの遭遇 | 五木田遥／鈴木有子 | 飯野洋平 |
| 鈴木Ｐファミリーの始まり | 縄トモコ | 小暮剛平 |
| オキシドール攻防戦 | 谷口真彦 | 藤田康平 |
| 脱・巨乳 | 山下瑞季 | 小川文乃 |
| 乳房縮小術 | 中村ちひろ | 佐藤裕子 |
| 煩わしい人間関係を頑張ると面白いことが起こる | 沖田知也 | 畑祐太朗 |
| 女神ちゃん | 内田周輔 | 堀田壮哉 |
| 音楽の神様 | 小崎真寛 | 板垣優子 |
| 名古屋の鬼ばばあ | 内田周輔 | 川瀬恭平 |
| いつのまにかママじゃなくなっていた私 | 小松季弘（㈱博報堂ＤＹメディアパートナーズ） | 清水友紀也 |

**タイトル題字・似顔絵**　鈴木敏夫

**ポートレート**　角田航

鈴木麻実子（すずき・まみこ）

一九七六年、鈴木敏夫プロデューサーの長女として東京で生まれる。様々なアルバイト経験を経て美容サロンのマネジメント業につき、店舗拡大に貢献する。その傍ら映画『耳をすませば』の主題歌「カントリー・ロード」の訳詞、平原綾香「ふたたび」、ゲーム『二ノ国』の主題歌「心のかけら」の作詞を手掛ける。現在は一児の母となり、父である鈴木敏夫をゲストに招いたオンラインサロン「鈴木Ｐファミリー」を運営する。本書が、初めての単行本となる。

@suzukima35

鈴《すず》木《き》家《け》の箱《はこ》

二〇二三年九月三〇日　初版第一刷発行

著　者　鈴木麻実子

発行者　喜入冬子

発行所　株式会社筑摩書房
東京都台東区蔵前二―五―三
〒一一一―八七五五
電話　〇三―五六八七―二六〇一（代表）

印刷・製本　中央精版印刷株式会社

ブックデザイン　佐藤亜沙美（サトウサンカイ）




ISBN978-4-480-81576-7 C0095